KB198018

새 나라를 향한 꿈, 삼별초 역사 동화

삼별초의 꿈

작가의 말

어린이 친구들! 안녕?

어린이 여러분은 삼별초에 대해서 잘 모르는 친구들이 많을 거예요. 여러분의 궁금증은 이 역사 동화를 끝까지 읽어보면 잘 알 수 있어요.

작가는 2년 전에 아름다운 진도에서 한 달 반 동안 머물렀어요. 그곳에서 작가가 오랜 기간 관심을 갖고 써놓았던 시놉시스(작품의 의도와 줄거리를 써 놓은 글)를 바탕으로 역사 동화를 창작했어요. 특히 고려시대의 삼별초에 대해서 관심을 갖고 진도문화원에서 여러 자료들과 책들을 빌려 읽어보며 공부를 했어요. 특히 삼별초가 몽골군과 항쟁을 했었던 진도의 용장성, 제주도의 향파두리성의 성터를 둘러보며 우리 조상들의 대단함과 애국심을 느낄 수 있었어요.

삼별초는 고려의 최우 무신정권에서 만든 좌별초, 우별초, 신의군을 가리켜요. 몽골군의 침입으로 무너진 기존 전력을 삼별초가 대신했지요. 고려는 원나라의 속국이 되었기에 원종은 강화도에서 개경환도를 준비하였어요. 그리하여 대몽항쟁에서 활동하던 삼별초는 불만을 가질 수밖에 없었지요.

결국 1270년 고려 원종은 삼별초의 해산령을 내렸어요. 이후 배중손과 노영희를 중심으로 뭉쳐 삼별초의 난을 일으켜 승화후 왕온을 새 임금으로 내세웠어요. 삼별초는 강화도에서 진도로 이동하여 용장성을 짓고 본격적인 항쟁을 벌였어요. 삼별초는 끝까지 항쟁을 벌이고 새 나라의 꿈은 이루지 못하지만 우리 역사에 큰 의미가 있어요. 고려가 몽골에 속박되어 결국 나라를 잃을까 염려한 낮은 계층의 노비 등이 뭉쳐서 싸웠다는 점이에요.

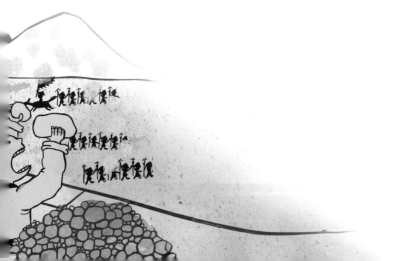

삼별초의 나라사랑의 마음은 지대해서 죽음을 두려워하지 않고 용감하게 싸운 그 애국심은 현대 어린이와 우리 국민 모두가 본받을 점이라고 생각해요.

삼별초의 애국심은 본받을 만한 아주 중요한 나라사랑이기에 작가는 이 역사동화를 쓰게 되었어요.

오늘날 우리나라는 정치적, 경제적, 문화적 부분에서 세계 선진국들과 어깨를 나란히 하면서 부강한 나라를 만들어나가고 있어요. 미래의 우리나라가 세계에서 가장 앞장선 나라가 되려면 어린이들이 나라사랑의 마음을 더 굳건히 갖고 부단히 노력해야 해요. 또한 어른들도 어린이들에게 모범을 보이는 마음과 행동을 실천해야만 된다고 생각해요.

4

어린이 친구들! 우리도 역사동화의 주인공 웅이와 두산이처럼 효와 충을 실천하도록 노력해 나가면 좋겠어요. 삼별초 책을 읽고 주위 친구들에게도 알려주세요. 친구들과 역사동화에서 만나게 되어 정말 기쁘고 흐뭇해요.

그럼 다음 작품에서 만날 때까지 안녕~!

2024년 천고마비의 계절 가을에

작가 서 향 숙

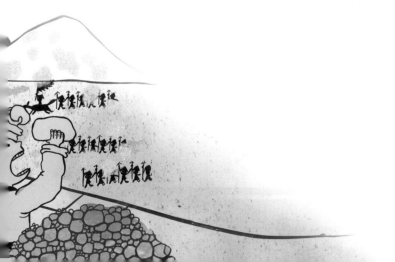

차례

주인집 아들과 노비 아들

뽀얀 산안개가 남산을 감싸고 있었다. 남산은 마치 하얀 솜 사탕을 뒤집어쓰고 있는 것 같았다. 웅이는 봄기운이 어린 남산을 바라보았다. 아버지한테 들은 그곳에 꼭 가봐야겠다 는 생각에 마음 설레었다.

웅이 가족은 최 별장* 집 노비다. 웅이네는 그 집에서 밤낮 없이 일하였다. 남산을 바라보던 웅이는 계속해서 집 마당을 쓸고 있었다. 그때 갑자기 웅이에게 돌멩이 하나가 날아왔다. 돌멩이는 퍽 소리를 내며 웅이 왼쪽 이마를 맞혔다. 웅이는 그 자리에 쓰러졌다. 웅이는 처음 일이 아닌 듯 놀라지도 않 고 곧바로 일어났다. 다친 이마를 만지니 붉은 피가 흘렀다. 그런 웅이를 보며 마당 한쪽에 석구가 웃음 띤 얼굴로 서 있 었다. 석구는 최 별장 외동아들이다. 웅이는 그런 석구가 꽤

* 고려 시대 정칠품의 무관 벼슬

8

씸해서 이번에는 참지 않고 소리를 질렀다.

"왜 괴롭히는 거야?"

"너를 괴롭히면 재미있는데…."

석구는 쌕쌕 웃으며 침을 뱉었다.

"지금껏 참았는데 안 되겠어."

웅이는 이마에서 피가 흐르는 채로 달려들어 석구를 힘껏
때려눕혔다. 웅이는 그동안 괴롭힘 당하며 쌓였던 울분을 다
터트리듯 석구를 두들겨 팼다. 석구 얼굴 이곳저곳이 터져
피가 흘렀다. 석구는 웅이 힘에 눌려 꼼짝도 못 한 채 소리치
고 울었다. 그 소리를 듣고 일하던 웅이 엄마가 놀라 안채에

서 뛰쳐나왔다. 다른 하인들도 나와 피범벅이 된 둘의 싸움을 뜯어말렸다.

어느새 그 집 안방마님인 석구 엄마도 나와 있었다.

"귀한 외아들을 죽도록 패다니…."

석구 엄마는 펄펄 뛰며 막대기로 웅이 등을 사정없이 후려갈겼다.

"우선 상처부터 치료해야겠어요."

하인들이 석구를 부축하여 안방으로 데리고 들어갔다. 웅이는 엄마 손에 끌려 행랑채로 갔다. 석구는 입술이 터지고 쌍코피가 흐르고 있었다. 오른쪽 눈은 퍼렇게 멍들었다. 얼굴뿐 아니라 몸 곳곳에도 상처가 나 있었다. 석구 엄마는 상처투성이 몸으로 누워있는 석구를 보며 쯧쯧 혀를 찼다.

"석구를 때린 이유가 무엇이냐?"

최 별장이 떨고 있는 웅이에게 물었다.

"저는 마당을 쓸고 있었는데 석구 도련님이 돌멩이를 던져 제 이마를 맞혔습니다. 전에는 맞고도 참았지만 이번에는 순간 화가 나 그랬습니다."

"별장 나리! 철없는 자식을 용서해 주십시오!"

눈을 감고 생각하던 최 별장은 입을 열었다.

"석구야, 웅이 말이 사실이냐?"

석구가 기어들어가는 목소리로 '네'라고 대답했다.

"그럼 네가 잘못했으니 벌 받아야겠다."

웅이 부모는 깜짝 놀랐다. 최 별장은 하인에게 매를 가져오라고 했다. 석구는 간신히 꿇어앉았다. 석구 엄마는 오만상을 찌푸렸다.

"웅이는 가서 쉬어라."

최 별장은 마당에 대고 크게 소리쳤다.

"별장 나리! 이 은혜는 잊지 않겠습니다."

웅이는 고개 숙여 절하였다.

"석구 도련님도 용서해 주십시오."

돌쇠가 크게 말하였으나 소용없었다. 최 별장의 회초리가 연달아 석구 종아리를 매섭게 후려쳤다.

"왜 이유도 없이 웅이를 괴롭혔단 말이냐? 오늘은 이걸로 끝이지만 또 그런다면 더 큰 벌을 내릴 게다."

최 별장은 덧붙여 잘못 가르친 석구 엄마에게도 책임이 있다고 소리치며 방으로 들어갔다. 석구는 너무 아파 끙끙댔다. 석구 엄마는 웅이는 벌하지 않고 귀한 외아들인 석구만 혼내는 남편이 못내 서운했다.

"별장 나리께서 네가 잘못 없다는 걸 아셔서 다행이다. 하지만 너도 앞으로는 조심해야 한다."

돌쇠는 그나마 최 별장이 시시비비를 가려 주어서 다행이었지만, 천민 신세에 언제든지 모든 죄를 뒤집어쓸 수 있는 만큼 웅이를 타일렀다. 웅이는 자신이 천민인 게 서러웠다. 부모가 천민이면 그 자식도 천민의 신분을 벗을 수 없다는 사실이 서글펐다.

마음속에 찬바람이 불어오는 듯하여 웅이는 밖으로 나왔다. 밖은 이제 어둠이 깔리고 있었다. 하늘을 바라보니 제비 두 마리가 밤이 되어 집으로 돌아가는지 재재거리며 날고 있었다. 자유스러운 모습이었다. 높게 낮게 재주 부리는 게 부러웠다.

'세상을 맘껏 훨훨 날아다닐 수 있으니 너희는 좋겠구나!'

어느덧 여름에 이르렀다. 마을 사람들은 모이기만 하면 몽골군 얘기를 했다. 그들은 곳곳의 마을을 수시로 쳐들어와 곡물을 빼앗으며 반항하면 죽이거나 잡아간다고 했다. 웅이네 마을은 아직은 몽골군이 쳐들어오지 않았지만 언제 올지 모르니 대비해야 한다고도 했다. 그러면서 마을 사람들은 삼별초가 빨리 힘을 키워 몽골군을 몰아내야 맘 편히 살 수 있을 거라고 했다.

웅이는 고려에 쳐들어와 백성들을 죽이고 괴롭히는 몽골군이 미웠다. 웅이는 또래보다 훨씬 튼튼한 자신의 팔다리를 보

앗다. 아직은 어리지만, 몽골군과 싸울 수 있다고 생각했다.
꼭 삼별초가 되어 몽골군을 물리쳐야겠다고 다짐했다.

웅이는 석구에게 미안하다고 말할 기회를 엿보았다. 마침
밖에 나갔다 오는 길에 석구와 큰 대문 앞에서 만났다. 웅이
가 웃으며 다가갔다.

"내가 나이가 같다고 함부로 말한 게 잘못됐어요. 내가 도
련님을 때린 일은 더 잘못했어요. 앞으로는 말도 높이고 도
련님으로 대할 테니 화 풀고 용서해줘요. 앞으로 잘 지내자

는 의미로 내일 도련님과 함께 충주성에 놀러 다녀오면 좋겠
어요.”

석구는 화가 풀리지 않아서인지 아무 말도 하지 않고 안채
로 들어가려 했다. 웅이가 석구 팔을 붙잡고 웃음 지었다. 웅
이의 웃음 띤 얼굴에 그때야 석구가 한마디 했다.

“네가 지금 한 약속을 지키는 거지?”

“네, 도련님. 약속은 지킬게요.”

석구는 웅이 사과에 겨우 화가 풀렸다. ‘도련님’이라고 부른
다니 기분이 좋아져 말했다.

“부모님께 허락받고 내일 충주성에 놀러 가자. 나이도 같은
데 친구처럼 말해도 괜찮아!”

웅이는 석구가 사과를 받아주니 다행이었다. 친구처럼 지내
자는 말에 날아오를 듯 신났다. 그때 두산이가 석구 집에 왔
다. 웅이가 두산이도 함께 가면 좋겠다고 말하니 석구도 좋
다고 했다.

저녁에 석구는 부모에게 내일 충주성에 놀러 다녀오겠다고
했다. 최 별장은 어려서 안 된다고 했다. 석구가 웅이, 두산이
와 함께 가니 괜찮다고 계속해서 조르자 최 별장이 허락했다.

“충주성에 가면 문지기가 문을 지키고 있을 게다. 그 문지기
에게 내 말을 하면 들어가도록 해줄 것이다. 조심히 잘 구경

하고 오너라.”

“네, 아버지 말씀대로 하겠습니다.”

석구는 충주성을 구경한다고 생각하니 꿈만 같았다. 최 별장은 하인 끝둥이에게 세 아이들을 데리고 다녀오라고 했다. 석구는 자기가 좋아하는 웅이 동생 분이도 데리고 가고 싶었지만 말을 꺼내지 못했다.

웅이도 부모님께 잘 말씀드려 허락받았다. 두산이는 농사짓는 부모 눈치를 보며 조심스럽게 말했다. 형이 거들어 허락을 받았다.

웅이와 두산, 석구는 그날 밤 설레는 마음으로 잠을 설쳤다.

삼총사, 삼별초를 꿈꾸다

다음 날 셋은 끝둥이와 길을 나섰다. 셋 모두 신나서 벙글거렸다. 충주성의 문지기가 최 별장을 말하니 문을 열어 주었다. 충주성 안에는 벼슬아치들과 군졸들이 사는 집들이 있었다. 넓은 장소에서 군졸들이 훈련을 받고 있었다. 훈련장 옆으로는 커다란 건물들이 줄지어 있었다. 무기들이 보관하는 곳 같았다.

셋은 충주성이 처음이다 보니 보이는 모두 것이 신기했다. 이곳저곳을 구경하고 성 가까이 가 성을 쌓은 큰 돌을 보고 놀라워했다. 아이들 반응에 끝둥이가 말했다.

"충주성은 튼튼해서 몽골군이 쳐들어오기가 쉽지 않아."

"아저씨는 어떻게 잘 알아요?"

"내가 어릴 적 남산 산동네에서 살았단다."

성안을 돌아다니다 보니 어느새 점심때가 가까워졌다. 그들은 숲 안쪽으로 들어갔다. 공기가 상쾌했다. 파란 하늘엔 흰 구름이 강아지와 곰 모양을 그렸다. 계곡 옆에 너른 바위가 있어 그곳에 자리를 잡았다. 끝둥이가 가져온 푸짐한 점심을 내놓았다. 석구 엄마가 준비해준 것이었다. 내내 돌아다니느라 배가 고팠던 아이들은 허겁지겁 먹었다. 꿀맛이 따로 없었다.

점심을 먹고 난 셋은 계곡 물로 들어갔다. 물은 시원했다. 옷이 젖어도 물장구치며 노는 게 즐거울 뿐이었다. 끝둥이는 셋이서 놀라 하고 바위에서 낮잠을 잤다. 한여름 매미 울음이 소낙비 소리 같았다. 갑자기 웅이는 속이 답답하고 배가 아파 왔다. 허겁지겁 먹은 음식이 체한 것 같았다.

"내가 뒤가 마려우니 잠깐 다녀올게."

웅이가 볼일을 마치고 오는데 숲 안쪽에서 탁탁 소리가 들려왔다. 궁금한 웅이는 그쪽으로 다가갔다. 멀리서 나무칼로 싸움을 하는 아저씨들이 보였다.

'칼싸움 솜씨가 대단하네.'

웅이는 칼싸움을 가까이서 보고 싶었다. 근처에 이르렀을 때 그만 바위에 걸려 넘어지면서 콰탕! 소리가 났다.

얼굴이 새카만 아저씨들이 눈을 번쩍거리며 웅이 곁으로 왔다.

"꼬마가 위험한데 어찌 산속에 올라왔어?"

아저씨들은 무서워하는 웅이에게 물었다.

"충주성에 놀러 왔다가 우연히 보게 됐어요. 칼싸움은 어떻게 배울 수 있어요?"

"어린 녀석이 칼싸움을 배우겠다고…, 왜?"

"칼싸움을 잘하면 몽골군과 싸울 수 있잖아요."

"여기는 삼별초 훈련장으로 우린 삼별초군이다. 너도 삼별초가 되고 싶으냐?"

웅이는 그렇다고 말하였다.

"네가 어리지만 씩씩해 보이니 더 자란다면 삼별초가 될 수 있다. 삼별초가 되려면 칼싸움, 돌팔매질을 잘해야 한다. 이 두 가지를 훈련해서 실력이 붙으면 해마다 섣달 초하루에 여기 훈련장에서 삼별초군을 뽑으니 이곳으로 오면 된다."

웅이는 칼싸움과 돌팔매질을 연습한 다음에 이곳에 오겠다고 말하고 친구들이 있는 곳으로 돌아왔다. 웅이는 그날 일을 두 친구에게 말하지 않았다.

웅이가 돌아오니 끝둥이는 이제 집으로 가야 한다고 했다. 세 친구도 몸이 지쳐 이제 집에 가고 싶었다. 웅이는 집으로 돌아올 때 길을 눈여겨보며 기억했다. 제때 출발한 덕분에 셋은 어두워지기 전에 집에 도착했다.

집에 온 웅이는 삼별초
가 더 궁금해져 물었다.
"아버지, 삼별초에 대해서
자세히 얘기해주세요."
"삼별초에 대해 마을
사람에게 들은 모양이
구나! 삼별초는 처음에
는 사병*으로 출발했지
만 지금은 고려군으로서
좌별초, 우별초, 신의군
을 말한다. 이들은 백성을 괴롭히

는 도둑을 잡기도 하고, 나라를 지키기 위해 몽골군과 용감
하게 싸우는 데 힘을 쓰고 있단다."
"모두 삼별초가 되어 몽골군을 물리치고 나라를 지키면 좋
겠네요."

* 고려 때 세 개의 군, 즉 좌별초, 우별초, 신의군을 가리키는 이름이다. 최씨 무신정권 시절 최우가 자
신의 권력을 보호하기 만든 사병조직 야별초에서 시작했다. 이후 몽골과의 전쟁이 계속되자 야별초를
정규군으로 재편해 좌별초, 우별초로 나누고, 몽골군에 잡혔다가 탈출한 사람들을 모은 신의군까지 합
쳐지면서 삼별초를 이루었다. 삼별초는 치안 유지와 궁궐 수비는 물론 몽골과의 전투까지 다양한 역할
을 맡았다. 무신정권이 무너지고 고려정부가 몽골과 화해하고 강화도에서 개경으로 돌아가자 이에 반대
하여 진도와 제주도로 근거지를 옮기며 고려정부와 몽골에 맞서 항쟁하였다.

아버지는 웅이의 말에 머리를 쓰다듬으며 웃음 지었다.

다음 날, 웅이와 석구, 두산은 뒷산에 모였다.

"삼별초는 나라를 지키기 위해 몽골군과 싸우는 중이래. 우리 셋 다 힘을 길러 삼별초가 되면 어떨까?"

웅이가 얘기했다.

"나도 삼별초에 대해 들었어. 우리를 괴롭히는 몽골군과 싸운다니 나도 될 수만 있다면 삼별초가 되고 싶어."

"나도 같은 생각이야."

두산이 먼저 말하자 석구가 웃으며 어쩔 수 없다는 듯 말했다.

"두 사람도 동의했으니 우리 용감한 삼총사 삼별초가 되기로 하자!"

"삼총사로서 끝까지 함께하기로 맹세하는 건 어때?"

두산의 제안에 셋은 손을 꼭 잡고 맹세하며 언제까지나 함께하기로 다짐했다.

맹세 후에 웅이가 말했다.

"삼별초가 되려면 칼싸움과 돌팔매질을 잘해야 한대. 그러니 시간 나는 대로 셋이 모여서 훈련하는 건 어때?"

석구와 두산이 좋다고 하자 웅이가 제안했다.

"내일부터 오후에 장군바위 밑에서 만나자. 올 때 자기 팔보다 세 배 길고 달걀 굵기만 한 나무칼을 준비해 와. 돌팔매질을 연습할 돌도 가져와야 한다. 시간에 늦거나 빠지면 안 된다. 이 일은 우리 셋만 알고 비밀로 하자."

다음 날부터 세 사람은 장군바위 아래에서 만났다. 처음에는 심드렁했던 석구도 차츰 열의를 보였다. 셋은 빛나는 눈빛을 나누며 하루도 빠짐없이 훈련을 계속했다. 한때 놀이터였던 장군바위 아래는 훈련장이 되었다.

훈련하는 만큼 하루가 다르게 삼총사의 실력은 쑥쑥 늘어났다. 석구와 두산도 열심히 훈련했지만 키 크고 힘센 웅이를 당해낼 수는 없었다. 곱게 자란 석구는 두산이도 이길 수 없었다. 석구는 이를 악물었지만 자신의 힘으로는 어쩔 수 없었다. 석구는 자신이 상대할 수 없을 만큼 힘이 세고 정하지도 않았는데 셋의 대장 역할을 하는 웅이가 미웠다.

"내년 겨울 삼별초 시험이 있으니 열심히 해야겠어."

웅이는 두 사람이 계속해서 훈련을 열심히 하도록 말했다.

석구가 툴툴거리더니 갑자기 말했다.

"이번에는 돌팔매질로 날아가는 새를 맞히는 거다. 맞히는 사람이 삼총사 대장을 하는 거 어때?"

웅이와 두산이 흔쾌히 동의했다. 석구는 먼저 제안했지만

자신 없는 얼굴이었다. 지금껏 나무에 헝겊을 달아놓고 맞히는 연습만 했는데 날아가는 새를 맞히기는 어려운 일이었다.

그때 마침 박새 떼들이 삼총사 쪽으로 날아오고 있었다. 셋은 누가 먼저랄 것도 없이 동시에 돌팔매를 날렸다. 박새 떼들은 놀라서 방향을 바꿔 날아갔다. 새가 지나간 자리로 셋이 달려갔다. 박새 한 마리가 풀밭에 떨어져 버둥거리고 있었다.

"우와! 새가 떨어졌어!"

두산이 놀라 외쳤다.

새 옆에는 검정 조약돌이 떨어져 있었다. 웅이 돌팔매 돌이었다. 아무리 둘러보아도 석구와 두산의 돌은 보이지 않았다.

"웅이가 삼총사 대장이다."

두산의 말이 못마땅한지 석구가 소리를 질렀다.

"새를 맞혔다고 시험에 합격하는 건 아니잖아?"

석구는 그만하겠다며 산을 뛰어 내려갔다. 웅이를 꼭 이기고 싶은 마음뿐이었다.

충주성 전투

　조상 대대로 최 별장은 충주성 밖에 논밭이 많은 부잣집이었다. 그래서 충주성 안이 아닌 밖의 큰 집에서 살고 있었다. 또한 노비들도 여럿을 두고 있었다.

　그날은 최 별장 생일이었다. 잔치가 끝나고 이슥한 밤이 되어 모두 잠든 시간이었다. 웅이 식구들도 행랑채에서 자고 있었다.

　한밤중에 함성과 싸우는 소리가 요란하게 들려왔다. 몽골군들이 마을을 덮치고 최 별장 집에까지 들이닥쳤다. 놀라 눈을 뜬 웅이 아버지 돌쇠를 비롯한 최 별장네 하인들이 닥치는 대로 몽둥이나 농기구를 들었지만 칼과 창을 든 몽골군을 막을 수는 없었다. 기운이 장사인 돌쇠 역시도 마찬가지였다.

　몽골군은 창고에 있는 곡식은 물론 집 안에까지 들어가 좋아 보이는 물건은 닥치는 대로 쓸어 담았다. 최 별장 가족과 웅이, 어머니, 분이 등 노비들의 아녀자 몇은 헛간 짚단 뒤에 숨었다. 다행히 몽골군이 모르고 지나쳐 목숨을 구할 수 있었다. 숨어서 밤새 두려움에 떨던 그들은 몽골군이 물러나자 밖으로 나왔다.

웅이는 나오자마자 아버지부터 찾았다.
"아버지가 보이지 않아요."
온 집안을 찾아보았지만 아버지 모습은 보이지 않았다. 집 밖까지 나서보았지만 어디에도 아버지는 없었다. 몽골군에 맞섰던 다른 노비들 역시도 누구도 보이지 않았다. 그나마 죽은 사람이 보이지 않으니 모두 몽골군에 잡혀간 듯해 다행이라면 다행이었다.

최 별장은 남은 사람들을 모이게 해 아버지가 사라진 가족들에게 자기가 수소문해 보겠으며 머잖아 무사히 돌아올 것이라고 위로를 하고 상황을 수습했다. 웅이 어머니는 남편 걱정이 태산이었으나 웅이와 분이가 놀라지 않도록 내색하지 않고 두 아이를 달랬다.

시간이 지나자 두산이 가족을 포함한 마을 사람들도 최 별장 집으로 왔다. 그들은 안타까워하며 몽골군이 망가뜨린

집 곳곳의 정리를 도와주었다. 두산이는 웅이 손을 꼭 잡으며 자기도 웅이가 아버지를 찾는 데 힘을 보태겠다고 했다. 마을에 침입한 몽골군은 부자인 최 별장네만 들이닥쳐 곡식과 재물을 빼앗은 다음 물러가 다행히 마을 다른 집들은 피해가 없었다. 다만 마을 사람 몇 사람도 잡혀갔는지 보이지 않았다.

웅이는 아버지가 분명히 살아있다고 믿었다. 그리고 두 주먹을 불끈 쥐었다.

'아버지는 어쩔 수 없이 몽골군에게 잡혀갔을 거야. 내가 꼭 아버지를 찾아내고 말겠어! 그리고 빨리 힘을 길러 삼별초군이 돼서 몽골군을 몰아내는데 앞장설 거야!'

한참 시간이 흐르고 몽골군이 물러갔다는 소식이 들리고 한동안 마을은 평화로웠다. 최 별장네도 몽골군이 휩쓸고 간 이후 어려움을 극복하고 안정을 찾았다. 웅이는 아버지가 없는 자리가 컸으나 최 별장 집에서 엄마, 분이와 계속 살 수 있었다. 삼총사인 석구, 두산이와는 시간 나는 대로 삼별초 훈련을 하며 힘을 길렀다.

어느 날, 최 별장이 급히 집에 들어왔다. 그는 집의 사람들을 모으고 지시를 내렸다.

"몽골군이 다시 쳐들어와서 충주에까지 도달했다.[*] 그들은 닥치는 대로 고려인을 죽이고 재물을 빼앗고 있다. 그들을 충주성에서 막아야 우리도 살 수 있으니 모두 충주성으로 가서 힘을 보태야 한다. 최대한 간소하게 각자 생활할 물건과 식량, 싸울 수 있는 농기구들을 챙겨 바로 충주성으로 가야 한다."

모두 짐을 꾸리느라 정신없었다. 웅이 가족도 짐을 쌌다. 사람들은 짐 보따리들을 이고 진 채 충주성을 향해 걸었다. 웅이 가족을 비롯한 최 별장네 사람들뿐만 아니라 마을 사람 모두가 충주성으로 향했다. 두산이 가족도 걷고 있었다.

드디어 충주성에 도착하였다. 충주성으로 먼저 갔던 최 별장이 성문 앞에서 기다리고 있었다. 최 별장이 지시하자 성문 한쪽이 열렸다. 마을 사람 모두가 성으로 들어가 최 별장이 이끄는 곳으로 갔다. 웅이 마을 사람들뿐 아니라 충주성 근처 여러 곳에서 온 많은 사람이 모였다. 대부분 노비 신분인 사람들이었다.

사람들이 다 모이자 늠름한 모습의 한 장군이 나타나 말했다.

"난 충주성을 지키는 고려의 장군[**]이다. 몽골군으로부터

---

[*] 1253년 몽골군 지휘관 야굴은 많은 병사들을 거느리고 고려에 5차 침입을 했다.

[**] 대몽항쟁 때 처인성과 충주성 전투에서 크게 활약한 승려 출신 김윤후 장군이 있었다.

충주성을 지키기 위해 관군을 이끌고 있다. 이 성을 지키는
데는 군인과 백성이 따로 없다. 여러분이 목숨을 바칠 각오
로 싸운다면 우리는 얼마든지 몽골군을 물리치고 충주성을
지킬 수 있다."

모인 사람들이 '와' 하고 함성을 질렀다.

"열심히 싸워 몽골군을 물리치고 충주성을 지키는 데 공을
세운 사람에게는 그에 합당한 상을 내리도록 하겠다."

사람들이 다시 한번 우렁찬 함성으로 대답했다.

지휘관 상당수와 관군들이 도망쳐 성의 군인은 적은 수였

지만 백성들은 사기충천했다. 모두 목숨까지 바칠 각오로 몽
골군과 싸울 준비를 하였다. 사람들은 등에 짊어진 망태로
돌을 옮기고 큰 돌은 힘을 합쳐 옮겼다. 몽골군이 공격할 때
쓸 돌이었다.

　웅이도 어머니, 분이와 돌을 망태에 넣어 옮기며 싸움을 준
비했다. 넉넉지 않은 식량 탓에 주먹밥을 먹기 일쑤였고 이
마저도 건너뛸 때가 많았지만 힘들지 않았다. 아버지를 빨리
찾기 위해서라도 몽골군을 물리쳐야 했다.

몽골군 침략을 대비하며 며칠이 지난 어느 날 밤, 웅이가 성벽에 기대어 잠들었을 때였다. 시끄러운 소리에 눈떠보니 새벽이었다. 관군들은 성안 벽에 붙어 화살을 쏘려 하고 있었다. 고을 사람들은 불붙일 볏단을 준비하고 뜨거운 물이 담긴 항아리와 불붙은 나무를 옮겨놓았다. 성벽을 오르는 몽골군에게 폭탄처럼 투하하는 용도였다. 몽골군의 공격이 시작되는 것 같았다.

그때 몽골군의 화살이 비처럼 성안으로 쏟아지기 시작했다. 성안의 군졸들은 그에 맞서 불화살을 적군에게 쏘기 시작했다. 사람들은 성벽으로 기어오르는 적군에게 물 폭탄과 불 폭탄을 마구 퍼부었다. 큰 돌덩이는 힘을 합쳐 적군을 향해 떨어뜨렸다.

"으악! 으악…!"

곳곳에서 다치고 죽는 비명이 쏟아졌다. 말로는 설명할 수 없는 처참한 전쟁이었다. 분이는 벽에 붙어 공포에 떨며 흑흑 울고 있었다. 아녀자들은 날아오는 화살을 피하며 돌을 날랐다. 웅이 어머니도 비틀거리면서도 돌을 날랐다.

성 안팎은 불바다가 되었다. 성안에서 군졸들과 고을 사람들은 죽도록 싸웠다. 피비린내 나는 싸움이 계속되었다. 곳곳에서 사람들이 화살을 맞고 쓰러졌다. 성벽을 오르던 몽골군도 돌과 물, 화살에 맞으며 비명을 지른 채 수없이 나가 떨어졌다. 웅이는 공격하는 사람들 틈에 끼어 돌과 물로 공격하기도 하고, 다친 사람들을 부축해서 약을 발라주기도 했다. 웅이 눈에 얼굴에 상처가 나 피가 흐르는 어머니가 보였다. 어머니는 무서워서 우는 분이를 껴안고 있었다. 웅이는 어머니 얼굴에 약을 바르고 분이를 달래주었다.

충주성을 포위한 몽골군은 끊임없이 공격을 해왔다. 군졸와 백성이 힘을 합친 철통 같은 방어에 수없이 죽어 나가면서도 몽골군은 물러서지 않았다. 성안에서도 다치고 죽는 사람들이 있었지만 사기는 꺾이지 않았다. 매일같이 전투를 치르며 70여 일이 흐르니 몽골군이 지쳤는지 차츰 공격의 기세가 약해지고 있었다. 반대로 성안에서는 승리의 날이 다가온다며 더욱 기세를 높였다.

그러던 어느 날 한낮이었다. 몽골군의 공격이 없어 모두가 잠시 쉬고 있을 때였다. 망루에서 몽골군의 동태를 살피던 군졸가 소리쳤다.

"몽골군이 물러간다."

너도나도 성 밖을 보니 몽골군이 멀리 사라지고 있었다.

"우리가 승리했다. 우리가 몽골군을 물리쳤다. 만세, 만세!"

승리의 함성이 성안에서 메아리쳤다. 70일 동안 피땀으로 싸운 일을 떠올리며 모두 기쁨의 눈물이 쏟아졌다.

백성들은 관군을 도와 적군을 물리쳤다는 사실이 꿈만 같았다. 한때 천대받던 노비의 신분이었지만 나라를 위해 큰일을 한 것 같아 더욱 뿌듯하였다. 웅이 역시도 엄마와 분이를 껴안고 승리의 기쁨을 누렸다. 비록 어리지만 자기도 이 승리에 한몫한 것 같아 기뻤다. 웅이는 충주성에서 전투를 도운 경험이 삼별초군이 되는 데도 도움이 될 것 같았다. 삼별초군이 되겠다는 마음을 다시 다잡았다. 아버지를 찾는 일도 더 서둘러 하루빨리 엄마와 분이에게 아버지 소식을 전하고 싶었다.

몽골군이 물러나자 충주성으로 모였던 백성들은 집으로 돌아갔다. 최 별장네를 비롯한 웅이네 마을 사람들도 집으로 돌아왔다. 다행히 마을 사람 중에는 죽거나 크게 다친 사람이 없어 돌아오는 길이 가뿐했다. 웅이네도 최 별장 집으로 돌아왔다.

충주성에서 각자 맡은 구역이 달라 만날 수 없었던 웅이와 석구, 두산이는 마을로 돌아온 다음에야 오랜만에 만났다. 다시 삼총사로 모인 셋은 날을 잡아 삼별초 훈련을 시작하기로 했다.

몽골군에 죽임당한 최 별장 부부

충주성에서 물러난 몽골군은 자기 나라로 돌아간 게 아니었다. 충주성은 함락하지 못했지만 진지를 구축하고 계속 고려에 머물면서 물건과 곡식을 빼앗고 괴롭혔다. 몽골군은 더 악랄해져 조금이라도 반항하면 사람 목숨도 서슴없이 빼앗았다.

어느 날 밤 몽골군들이 또다시 웅이 마을에 들어와 최 별장 집으로 쳐들어왔다. 그들은 최 별장이 사람들을 모아 충주성으로 데리고 간 것을 아는 듯 최 별장 부부를 서슴없이 죽였다. 다행히 다른 방에서 자고 있던 석구는 급히 안방 마루 밑에 숨어 목숨을 구했다.

몽골군은 최 별장 부부뿐만 아니라 최 별장 집에서 눈에 띄는 사람들은 한통속이라는 듯 모조리 해치웠다. 웅이는 어머니, 분이와 잘 눈에 띄지 않는 행랑채 뒷간에 숨었다. 좁은 뒷간에서 밤새 사람들 비명에 무서워 벌벌 떨었지만 목숨을 구할 수 있었다.

몽골군이 물러간 아침에 나가 본 최 별장 집 광경은 차마 눈 뜨고 볼 수 없었다. 몽골군에 잡힌 여러 사람이 죽은 몸으로 널브러져 있었다. 최 별장 부부는 머리와 가슴에서 흘린 피로 안방을 벌겋게 물들인 채 죽어 있었다.

살아남은 건 웅이 가족과 석구뿐이었다. 웅이 엄마가 주저 앉아 통곡을 터트렸다. 웅이와 분이도 따라 울었다. 석구는 부모의 처참한 광경을 보고 정신을 잃고 쓰러졌다.

"석구를 제 등에 업혀주세요. 방에 눕혀야겠어요."

웅이는 석구를 업고 방으로 가 눕혔다. 웅이 엄마가 물수건 을 가져와 석구의 얼굴과 손발을 닦아주었다. 곧이어 들어온 두산이와 함께 웅이는 석구의 몸을 주물러 주었다. 한참 후 깨어난 석구가 울기 시작했다. 웅이도 쏟아지는 울음을 참지 못하고 석구를 위로했다.

"석구야, 원통하게 돌아가신 부모님을 위해서라도 힘을 내 자. 그래야 부모님 원수도 갚을 수 있지 않겠니?"

두산이도 울면서 석구 손을 잡고 힘을 내라고 했다. 석구는 울음을 그치지 못한 채 알았다는 듯 고개를 끄덕였다. 셋은 손을 모으고 삼총사로서 힘을 내자고 눈물로 다짐했다.

그때 나갔던 웅이 엄마가 들어와 석구를 다독이며 말했다.

"별장님 내외와 다른 식솔들 시신을 거두어 우선 장례를 치 러 드리자."

모두 몸과 마음이 힘들었지만 주저앉아 있을 수만은 없었 다. 마을 사람들 도움을 받아 최 별장 내외와 다른 식솔들 장례를 치렀다. 여러 대 수레에다 가마니로 덮은 시신을 실었다. 사람들은 수레를 끌고 가 뒷산에 시신들을 묻었다. 묘마다 앞에 표시 막대를 세우고 절을 했다. 석구는 부모님의 무덤 앞에 엎드려 계속 흐느껴 울었다.

"그만 슬퍼해. 우린 어리지만 강해져서 나라를 지키고 부모님 원수도 갚아야지."

웅이와 두산은 석구를 안아주고 부축해서 집으로 돌아왔다. 석구를 혼자 두기에는 걱정되었는지 두산이 엄마가 말했다.

"오늘 저녁엔 석구 너 혼자 있다 보면 계속 괴롭고 힘들 거야. 좁고 불편하지만 우리 집에서 저녁밥을 먹고 두산이와 함께 자렴."

"석구야, 그렇게 해."

두산이 거들었다. 석구는 여전한 슬픔과 자기를 배려해 주는 고마움으로 계속해서 눈물을 글썽거렸다. 두산이 엄마가 아직 집이 어수선하니 웅이네도 자기 집에서 저녁을 먹자고 하여 모두 두산이 집으로 갔다.

저녁밥을 먹고 지친 웅이 가족은 자기 집으로 자러 돌아갔다. 석구는 두산이와 그 형과 함께 한 방에 자려고 누웠다. 석구는 자리에 누워서도 슬픔과 서러움에 흐느끼며 울었다. 두산이 형이 석구를 다독였다.

석구는 누워도 잠은 오지 않고 부모 생각만 났다. 그러면서

억울하게 죽은 부모 원수를 갚아야 한다는 생각이 들었다. 그동안 석구는 셋이서 삼별초 훈련을 하면서도 열심히 하는 척만 했다. 석구는 삼별초군이 되어 몽골군에게 부모 원수를 갚겠다고 다짐했다. 그래서 앞으로는 삼별초 훈련도 열심히 하기로 했다.

 어느 날, 웅이 아버지가 몽골군에게 잡혀갈 때 함께 끌려갔던 마을 사람 중 한 명이 돌아왔다. 웅이는 그 사람을 찾아갔다.

"아저씨, 우리 아버지 소식 좀 알 수 있을까요?"

"그때 네 아버지와 나는 몽골군에게 잡혀 끌려가고 있었지. 그러다가 몽골군에 들어와 있던 삼별초 군졸을 만났다, 그는 비밀을 알아내려고 몽골군으로 위장하였는데 그가 도와주어 도망칠 수 있었다. 그런데 도망쳐 나와서 네 아버지는 집으로 오지 않고 강화도로 가겠다고 했어. 삼별초군이 되어 나라를 지키고 싶다고도 했어, 가족에게는 나중에 고향으로 꼭 오니 걱정하지 말고 기다리라는 말을 전해달라고 했다."

 웅이는 가슴이 뜨거워졌다. 어머니와 분이에게 아버지는 살아있고 강화도로 가 삼별초군이 되겠다고 했다는 소식을 전했다. 어머니는 기뻐하며 웅이와 분이에게 아버지가 꼭 돌아올 거라고 했다.

웅이는 아버지를 빨리 찾아야 한다는 마음이 더욱 커졌다. 삼별초군이 되어 나라를 위해 싸우겠다는 마음도 뒤따라 커졌다.

다음 날, 삼총사가 모여 오랜만에 삼별초 훈련을 했다. 그날 석구의 훈련하는 모습은 전과는 달랐다. 훈련이 끝나고 석구가 말했다.

"나 앞으로는 훈련을 열심히 해서 삼별초군이 되어 부모님 원수를 갚을 거야."

"석구야, 우리도 네 부모님 원수 갚는 걸 도와줄게."

웅이가 돕겠다고 하자 석구는 고맙다면서 두산에게 제안했다.

"두산아, 우리 집이 넓으니 너희 식구들이 우리 집에서 웅이 식구들과 함께 살면 안 될까?"

두산이는 넓은 집에서 삼총사가 모여 살면 좋겠다고 생각했다. 하지만 자신이 결정할 수 있는 일이 아니었다.

"석구야! 내가 부모님께 말씀드려볼게."

집으로 돌아간 두산이는 부모님께 얘기했다.

"부모님을 잃은 석구가 넓은 집에서 외로운가 봐요. 우리가 자기 집으로 이사해서 웅이네와 함께 살자고 하네요."

두산이 부모와 형도 찬성하였다.

"한 집에 모여 살면 불편하고 어려운 일들도 생길 테니 서로 이해해야 한다."

두산이 아버지의 말에 두산이와 형이 고개를 끄덕였다.

다음 날 두산이네가 곧바로 이사하여 석구네 집은 북적거렸다. 석구는 안채 큰방을 썼다. 웅이 어머니와 분이는 안채 작은 방을 쓰고 안채 다른 방은 웅이가 쓰기로 했다. 또한 두산이 부모는 행랑채 큰 방을 쓰고 두산이와 형은 행랑채 작은 방을 함께 쓰기로 했다.

웅이 어머니는 천애 고아가 된 석구를 아들로 생각하기로 했다. 웅이 어머니는 집안 살림을 맡아 하고 분이는 집 청소와 어머니를 도와 일하기로 했다. 농사는 두산이 부모와 형이 짓고 바쁠 때는 모두 농사일을 돕기로 했다. 석구는 서당에 계속 나가 글공부를 하기로 하였다.

다음 날 셋은 장군바위 앞에 모였다. 나무칼 싸움을 열심히 하였다. 석구가 부모 생각에 자리에 주저앉았다. 웅이도 아버지 생각을 하고 있었다.

"돌팔매 연습은 내일 하자."

서산에 걸린 해가 웃는 아버지 얼굴 같았다.

아버지를 만나러 떠나다

 바람결이 차가워지며 가을이 되었다. 웅이는 갈수록 아버지가 건강히 잘 지내는지 걱정되었다. 웅이는 하루빨리 아버지를 찾아 그 소식을 어머니께 알리고 싶었다. 며칠 전 어머니가 우물에서 넘어져 허리를 다쳤다. 한약방에서 약을 지어다드리고, 분이가 밤마다 어머니 허리에 쑥뜸을 해도 좋아지지 않았다. 어머니는 몸이 아프니까 아버지 생각이 더 나는 모양이었다.

 웅이는 마당과 대문 앞길을 깨끗하게 쓸었다. 석구는 글공부를 하고 점심때 돌아왔다. 석구는 일만 하는 웅이에게 미안했다. 두산이 부모와 형이 농사일을 마치고 돌아왔다.
"내일부터 벼를 베야겠구나!"
 두산이 아버지의 말에 두산이 어머니가 말했다.
"일손이 필요하니 웅이와 석구도 도와주면 좋겠어."

"나도 분이와 함께 일을 도울게요."

허리도 좋지 않은 웅이 어머니 말에 석구도 일을 돕겠다고 했다.

"석구가 일을 돕는다니 해가 서쪽에서 뜨겠어!"

두산이 아버지의 말에 석구는 머리를 긁적였다.

모두 매달려 일하다 보니 곧 가을걷이도 끝날 것 같았다. 웅이는 가을걷이가 끝나면 삼별초군이 된 아버지를 찾으러 가겠다고 어머니께 말했다. 어머니는 위험한 곳에 웅이를 절대 보낼 수 없다고 하였다. 웅이는 며칠 후 다시 얘기하기로 하였다.

삼총사가 짬을 내 장군바위 앞에 모였다.

웅이가 아버지를 찾으러 갈 때 석구와 두산이도 함께 가기로 했다.

"웅이 아버지를 만나면 나중에 삼별초가 되는 데도 도움이 될 것 같아!"

두산이 말에 삼별초가 되고픈 석구도 고개를 끄덕였다.

"곧 추수와 가을걷이가 끝나잖아?"

"열심히 가을걷이를 도운 다음 꼭 어른들의 허락을 받자."

삼총사는 소리를 지르며 집으로 산에서 내려왔다.

삼총사가 열심히 도운 덕분에 가을걷이가 잘 끝났다. 그사이 웅이는 어머니께 몇 차례 아버지를 만나러 가겠다고 얘기하였다. 어머니의 반대는 차츰 누그러지고 있었다.

가을걷이도 끝났으니 드디어 허락을 받을 생각으로 웅이가 어머니께 다시 얘기했다.

"아버지를 만나 기쁜 소식을 가져올게요. 며칠 내로 석구, 두산이와 함께 떠나겠습니다. 제발 허락해 주세요."

어머니는 어린 아들이 위험한 곳으로 간다니 걱정되었다. 하지만 셋이 간다니 그나마 안심되어 허락했다. 남편 소식이 무척 궁금하기도 했고, 웅이가 아버지와 함께 사는 게 좋다는 생각도 들었다. 웅이는 어머니 허락을 받았지만 막상 떠나려 하니 밤새 잠잘 수 없었다.

두산이도 그날 밤 부모님께 다시 얘기했다.

"가을걷이가 다 끝났으니 웅이 아버지를 만나러 며칠 내로 웅이, 석구와 떠나겠습니다. 셋이 가니 걱정하지 마시고 허락해 주세요."

두산이 부모도 이미 들었던 얘기여서 걱정하면서도 조심해서 다녀오라며 허락했다.

셋이 떠나는 날이 밝았다.

"어젯밤 꿈에 네가 아버지와 함께 있는 꿈을 꾸었다. 강화도가 먼 거리이고 가다가 몽골군이라도 만날까 걱정되니 조심해야 한다. 너는 내 걱정은 말고 아버지를 찾아 함께 살면서 가르침을 받고 고향으로 돌아오지 않아도 괜찮다. 아버지를 도와 나라를 위해 싸우려면 몸이 건강해야 한다. 아버지께는 이 은비녀를 꼭 전해드리렴."

웅이 어머니는 하얀 천에 싼 은비녀를 주었다. 웅이는 가슴이 아팠다. 어머니가 아버지를 만나지 못할 것 같아서 소중한 은비녀를 전한다는 걸 알기 때문이었다. 어머니는 아버지와 함께 살면서 돌아오지 말라고 했지만 웅이는 고향으로 꼭 돌아오겠다고 마음을 굳게 먹었다.

"어머니! 아버지를 찾아 은비녀를 꼭 전해드리고 소식을 가지고 돌아올게요."

웅이 어머니는 셋의 등을 토닥이며 말했다.

"너희들은 삼총사이니 늘 함께하면서 서로 도와야 한다."

셋이 네 하고 힘차게 대답하자, 배웅하러 나왔던 두산이 부모도 셋을 다독여 주었다. 웅이 어머니와 두산이 어머니가 준비한 식량과 신발, 옷과 두건, 이불 등을 셋의 봇짐에 나눠 담았다. 그 외 나무칼과 돌팔매도 각자 챙겨 넣었다.

셋은 드디어 강화도를 향해 발걸음을 뗐다. 얼마쯤 가 뒤를 돌아보니 모두 그 자리에 서서 눈물을 훔치고 있었다.

셋은 길을 걷고 걸으며 밥때가 되면 준비한 식량으로 끼니를 때우고, 밤이 되면 동굴이나 남의 집 처마 밑에서 눈을 붙였다. 갈수록 몸은 힘들어지고 날은 추워져 강화도 도착까지 이십 여일을 견딜 수 있을까 싶었다.

집을 떠난 지 열흘쯤 지났다. 이제 절반 정도 왔는데 짚신도 얼마 남지 않고 양식도 떨어져 갔다. 미숫가루와 냇물에 불린 보리쌀을 씹으며 버텨왔지만 이제 이마저도 아껴 먹어야 했다. 솜옷을 껴입고 목수건과 두건을 써도 겨울 찬바람이 온몸을 때렸다. 동굴에서 나뭇잎을 두껍게 깔고 덮어도 추워서 제대로 잘 수 없었다.

그날도 동굴에서 자고 일어나 동굴을 나서니 밤사이 큰 눈이 내려 세상이 온통 하얬다. 산을 덮어버린 눈 때문에 셋은 길을 찾을 수 없었다. 그렇다고 눈이 녹을 때까지 기다릴 수도 없어 어림짐작으로 길을 나섰다. 무릎까지 빠지는 눈길을 헤치며 가는데 갑자기 털옷에 털모자, 털신까지 신고 칼을 쥔 사람들이 앞을 막았다. 셋은 너무 놀라 소리를 질렀다. 몽골군은 아니었지만 모두 건장한 체격에 한 사람은 수염마저 덥수룩하여 무섭게만 느껴졌다. 한 사람이 다짜고짜 말했다.

"어린 녀석들이 여기가 어딘 줄 알고 들어와?"

"왜 그러세요? 눈에 길이 보이지 않아 여기로 왔어요."

"너희들이 우리 소굴을 침범한 이상 그냥 보내줄 수 없다. 얘들을 끌고 가자!"

"우리는 아버지를 만나러 가는 길이에요. 제발 보내주세요."

웅이가 사정했으나 그들은 셋을 강제로 끌고 갔다. 어디인지도 모른 채 그들에게 끌려 도착한 곳에는 나무와 흙으로 지어진 집이 여러 채 보였다. 지붕은 나뭇가지로 덮어 쉽게 눈에 띄지 않았다. 웅이는 말로만 듣던 산적 소굴이라는 걸 알 수 있었다.

수염이 덥수룩한 산적이 가장 큰 집으로 들어가더니 조금 후에 다른 사람과 같이 나왔다. 위엄이 있는 게 두목인 것 같았다. 그가 우렁찬 목소리로 물었다.

"어떻게 된 아이들이야?"

"순찰을 도는 중에 우리 구역에 침입해서 끌고 왔습니다."

"이 눈 속에서 우릴 못 만났으면 얼어 죽기 십상이었겠구나."

"저희는 아무것도 모릅니다. 강화도에 있는 아버지를 만나러 가다 눈에 길을 잃었을 뿐입니다. 저희를 풀어주세요."

웅이가 애원하자 두목이 말했다.

"너희가 지금 갔다가는 이 산을 나가기도 전에 눈에 파묻혀 얼어 죽고 말 것이다. 지금은 위험하니 눈이 다 녹고 겨울이 지나면 나중에 보내주겠다. 우리는 산적 같아 보이지만 산에 숨어 백성을 위해 좋은 일을 하고 있다. 여기 있는 동안 우리 훈련을 받아두면 나중에 너희에게도 좋을 것이니 잘 따르기 바란다."

두목이 곧이어 지시를 내렸다.

"이 아이들에게 숙소를 제공하고 있는 동안 훈련을 시키도록 하라!"

곧이어 한 산적이 셋에게 따라오라고 했다. 셋이 등짐을 멘 채 따라가니 〈비둘기집〉이라고 써진 집 앞에 멈췄다.

"이 〈비둘기집〉이 너희 숙소다. 지금 도망갔다가는 두목님 말씀대로 얼어 죽으니 그런 생각은 하지 않는 게 좋다. 그런데도 탈출을 시도했다가 잡히기라도 하면 온전치 못할 것이다. 그럼 여기서 한동안 살아가야 하니 이곳의 규칙을 알려주겠다. 몸은 이 아래 개울물에서 씻는다. 그리고 돌아가며 당번을 정해 그 당번이 밥을 타 와야 한다. 북소리가 나면 당번이 옆에 있는 〈산토끼집〉으로 가서 밥을 타 와 먹는다. 다 먹은 그릇은 개울에서 씻어 방에 둔다. 뒷간은 〈너구리집〉이다. 매달 보름날이 빨래하는 날이니 입은 옷은 개울에서 빨아 입는다. 저녁에는 북소리에 불을 끄고 자고 새벽에도 북소리가 울리면 일어난다. 아침 식사 후에는 매일 훈련을 받아야 하니 잘 따라야 한다."

산적 훈련을 받다

다음 날, 채 어둠도 가시지 않았는데 북소리가 울렸다.

얼음을 깨고 씻은 다음 아침 식사를 타 와 먹고 기다리자 한 산적이 와서 옷을 던져 주며 말했다.

"이 토끼털 옷으로 갈아입고 바로 위에 있는 훈련장으로 모여라!"

셋은 서둘러 옷을 갈아입고 훈련장으로 갔다. 세 개의 활과 화살통이 놓여있었다. 첫날부터 활쏘기 훈련이 시작되었다. 가르치는 사람은 셋을 잡아온 수염이 덥수룩한 산적이었다. 그는 먼저 활 쏘는 방법을 말로 알려준 다음 직접 쏘는 훈련에 들어갔다.

"활을 몸에 붙이고 화살로 앞에 놓인 과녁을 조준해야 한다."

산적들이 쓰는 활이다 보니 셋에게는 너무 큰 활이었다. 그나마 덩치가 크고 힘이 센 웅이는 시위를 당길 수 있었지만 석구와 두산이는 시위를 당기기 힘들었다. 겨우 시위를 당겨 화살을 쏘았지만 힘에 부치니 화살은 멀리 가지 못하고 바로 앞에 곤두박질치거나 옆으로 튕겨 나갔다.

웅이 화살만이 과녁 근처로 날아갔다. 웅이가 쏜 화살은 점점 과녁에 가까워졌다. 웅이는 추운 날이지만 땀이 흘렀다. 점점 요령도 생기고 조준하는 과녁이 크게 보이며 활쏘기가 재미있었다.

첫날은 종일 활쏘기 훈련만 했다. 셋 다 점점 활 쏘는 게 익숙해지고 요령을 터득했다. 해가 저물어가자 훈련을 멈추고 〈비둘기집〉으로 돌아가 저녁밥을 타다 먹고 자라고 했다.

세 사람은 저녁을 먹고 화살과 활에 각자 이름을 새기고 북소리에 맞춰 잠자리에 들었다. 방은 온기도 없이 싸늘했지만 종일 훈련하느라 몸이 고단한 셋은 바로 곯아떨어졌다.

며칠 동안 첫날과 같이 온종일 활쏘기 훈련이 이어졌다. 석구와 두산이 쏜 화살도 점차 과녁 가까이 떨어졌다. 웅이가 먼저 과녁을 명중하니 석구와 두산이도 과녁을 맞히기 시작했다. 셋에서 누가 과녁을 잘 맞히는지 시합을 하기도 했다. 언제나 웅이가 과녁을 가장 많이 맞혔고, 석구와 두산이는 비등비등했다.

셋의 활쏘기 실력이 좋아지자 통과시험이 치러졌다. 열 발

중 일곱 발을 과녁에 맞혀야 통과하는 시험이었다. 셋이 나란히 서서 화살 열 발을 날렸다. 웅이가 아홉 발, 두산이는 여덟 발, 석구는 일곱 발을 맞혀 모두 통과했다. 시험을 지켜보러 나온 두목이 아이들인데도 실력이 금세 늘었다며 흐뭇해했다.

활쏘기를 통과하니 다음 날부터는 검술 훈련이었다. 검술 훈련 첫날 새벽에 훈련장에 모였다. 검술을 가르치는 사람은 활쏘기를 가르친 사람과 달리 몸이 날렵해 보였다. 셋을 나란히 서게 한 다음 그는 두건과 나무칼을 나누어 준 다음 말했다.

"검술 훈련은 진짜 칼은 위험하니 나무칼로 대신한다. 오늘은 먼저 상대의 칼을 칼 중간으로 막아내는 법, 뒤로 물러서며 막는 법, 칼을 휘돌아 막는 법, 높이 뛰어서 막는 법, 뛰어서 칼끝으로 막는 법 등 방어 훈련을 한다."

또 며칠 동안 방어 훈련이 이어졌다. 가르치는 산적은 자기가 공격하면서 셋에게 방어하는 방법을 알려주었다. 방어 훈련이 익숙해지자 며칠째 공격 훈련이 이어졌다. 공격법은 휘돌아서 내려치기와 앉았다 휘돌아 뛰면서 공격하기, 돌면서 후려치기 등이 있었다. 이번에는 셋이 공격하고 가르치는 산적이 방어를 하며 가르쳤다. 고향에서 칼싸움 연습을 했던

덕분에 웅이와 두산이는 공격 훈련도 쉽게 소화했으나 석구는 둘을 따라오지 못했다. 석구는 자기보다 모든 면에서 뛰어난 기량을 보이는 웅이에게 사라졌던 미움이 다시 생겨났다. 검술 훈련이 끝나고 다음 날은 통과시험이라고 했다. 활쏘기처럼 두목이 지켜보는 가운데 통과해야만 다음 훈련으로 넘어간다고 했다.

 이른 아침부터 셋은 검술훈련장에서 긴장된 마음으로 두목이 나오기를 기다렸다. 두목과 그를 호위하던 사람들이 자리를 잡자 시험이 시작되었다. 검술시험에서 웅이는 처음 보는 강철이라는 아이와 검술을 겨루고, 그다음에 석구와 두산이 겨루는 거로 짜였다. 강철이라는 아이는 웅이보다 큰 체격에 눈빛이 이글거리는 게 보통이 아니었다. 겨루기에서도 초반에는 웅이와 팽팽하게 맞섰다. 그러나 시간이 지나며 웅이가 우세를 보이더니 끝내 웅이가 승리했다. 다음에 두산이와 석구가 겨뤘다. 석구가 먼저 공격하며 기세를 올리는 듯했으나 금세 지치며 두산의 일방적 승리로 끝났다.
 결국 웅이와 두산이만 검술시험을 통과하고 석구는 탈락했다. 웅이와 두산은 기쁨에 겨웠으나 석구를 의식하여 내색하지 않았다. 석구는 분하다는 듯 울음을 터트렸다. 둘이 위로

했지만 귀에 들려오지 않았다. 한겨울 찬바람이 세게 불어왔다. 석구는 웅이를 노려보았다. 석구 마음에는 웅이에 대한 미움이 점점 커지고 있었다. 모든 게 웅이 탓인 거만 같아 웅이가 더더욱 미워졌다.

셋은 집으로 돌아왔다. 석구는 밥도 먹지 않고 쓰러져 잠들었다. 밤새 앓으며 잠을 설쳤다.

다음 날 웅이와 두산이는 돌팔매 훈련을 하러 가지만 석구는 계속 검술훈련을 해야 했다. 아침을 먹고 훈련장에 가기 전 웅이가 석구를 위로했다.

"조금만 참고 연습하면 꼭 검술훈련 통과할 거야. 힘내!"

석구는 웅이의 말에 대꾸도 하지 않았다. 웅이가 잘난 체하는 거 같아 더 밉고 보기 싫었다.

"우린 돌팔매 연습하러 갈게. 넌 칼싸움 연습하고 점심때 와서 밥 먹자."

석구는 두산의 말에 고개만 끄덕였다. 웅이뿐만 아니라 두산이도 미웠다. 마음속에서 친구들에 대한 증오심이 불타올랐다.

'나도 너희들보다 얼마든지 잘할 수 있어!'

웅이와 두산은 돌팔매질은 자신 있었다. 고향 장군바위에서 연습했기 때문이다. 첫날부터 둘의 돌팔매 실력을 보고 가르치는 산적은 잘한다며 조금만 연습하면 시험에 통과할 수 있겠다고 했다.

돌팔매 훈련은 활쏘기나 검술훈련과 달리 단 며칠 만에 통과시험이 치러졌다. 그날 석구도 검술훈련 재시험을 보았다. 마침 그날따라 눈이 펑펑 내렸다. 눈이 와 흐린 날씨임에도 웅이와 두산은 돌팔매로 표적을 맞히며 시험을 보기 좋게 통과했다.

석구 역시도 눈 오는 검술 훈련장에서 이를 악물고 시험을 치렀다. 상대를 미운 웅이로 생각하고 대드니 무서울 것이 없었다. 상대를 쉽게 제압한 석구도 드디어 검술시험을 통과했다. 석구는 세상을 다 가진 듯 눈밭에서 뒹굴며 환호했다.

셋은 시험을 통과하고 〈비둘기집〉으로 돌아와 만났다. 웅이와 두산은 검술시험을 통과한 석구에게 축하한다고 했지만 석구는 찌푸린 얼굴로 쏘아볼 뿐이었다. 석구는 삼총사라고 하면서도 웅이와 두산이 둘만 어울리고 자기를 따돌리고 있다는 생각이 들었다.

셋은 잠자리에 들었다. 이불을 뒤집어썼지만 방은 추웠다. 새해 첫날인 내일은 쉬고 그다음 날부터는 비둘기 길들이기를 훈련한다고 했다. 비둘기 훈련을 생각하니 웅이와 두산은 너무 재미있을 것 같았다. 둘과 달리 돌팔매 훈련을 해야 하는 석구는 여전히 못마땅한 채로 잠들었다.

부엉이 소리가 처량하게 들려왔다. 밤은 깊어가지만 셋 다 고향과 부모 생각에 잠이 오지 않았다. 다음 날이 새해라고 하니 그런 생각이 더 간절하였다.

웅이는 이제 새해가 밝았으니 봄이 얼마 남지 않았다는 생각이 들었다. 봄이 되면 여기에서 풀려나 아버지를 찾으러 갈 수 있을 것 같았다.

두 개의 탈출 계획

새벽에 일어나니 춥게 잔 탓에 몸이 오돌오돌 떨렸다. 밤새 센 바람이 몰아친 탓에 외풍이 심하게 들어와 더욱 추웠다. 셋은 작은 화로 가까이 모여들었다. 그나마 화로 덕분에 몸이 좀 녹는 것 같았다. 셋 모두 춥고 고향 생각에 잠을 설쳐 온몸이 무거웠다. 씻으러 가는 길도 눈이 쌓여 발이 푹푹 빠졌다.

씻고 방으로 오니 새해 첫날이라고 장작 땔감과 떡을 나누어 주었다. 장작으로 아궁이에 불을 붙여 방을 덥혔다. 장작불을 때고 남은 숯불에는 딱딱한 떡을 구웠다. 구운 떡이 고소하고 맛있었다. 집을 떠난 이후 처음으로 뜨끈뜨끈한 방에 누우니 몸이 노곤하고 절로 잠이 왔다. 셋은 새해 첫날을 뜨끈한 방에서 푹 쉬며 보냈다.

다음 날, 북소리에 일어났다. 따뜻한 방에 자고 나니 몸이

가뿐했다. 웅이와 두산은 비둘기 훈련장으로 갔다. 비둘기 훈련은 비둘기에게 편지나 쪽지를 다리에 묶어 멀리 있는 상대에게 전하고 답장을 받는 훈련이었다. 석구는 돌팔매 훈련과 비둘기 훈련을 동시에 하기로 했다. 두 가지를 동시에 배워야 하는 석구는 오전에는 돌팔매 훈련을 하고 오후에 비둘기 훈련을 배워야 했다.

웅이와 두산이 비둘기 훈련장으로 가니 가르치는 산적이 탁자 위에 비둘기를 앉혀놓고 있었다.

"앞으로 열흘간 비둘기 훈련을 배우고 통과시험을 보게 된다. 이게 마지막 훈련이니 잘 배우기 바란다."

둘은 과연 비둘기를 훈련시키는 게 가능한지 의문이 들었다. 산적은 비둘기를 장갑 낀 손등 위에 올려놓고 새장에 있는 참새 한 마리를 날려 보냈다. 손등의 비둘기가 날쌔게 날아가 참새를 낚아채 잡더니 산적 앞으로 가져왔다. 회색빛 비둘기는 잘 훈련된 비둘기 같았다.

비둘기 훈련 시험은 비둘기를 길들여 산 아래 있는 산적 초소에 쪽지를 매달아 보내고 답장을 받으면 통과였다. 둘은 비둘기를 가까운 곳부터 시작해서 점점 멀리 날려 보내며 되돌아오는 훈련을 했다.

석구는 오전이면 돌팔매 훈련장으로 가서 돌팔매질을 연습했다. 셋이 장군바위에서 연습할 때 석구는 열심히 하지 않은 탓에 실력이 쉽게 늘지 않았다. 가르치는 산적은 석구의 돌팔매질을 보고 웅이 두산과 비교하여 왜 이렇게 형편없냐고 타박하기도 했다.

돌팔매 훈련 나흘째 훈련장으로 가니 그날은 돌팔매 훈련을 하는 한 아이가 있었다. 검술 통과시험 때 웅이 상대였던 강철이였다. 가르치는 산적은 자기가 매일 순찰을 나가니 앞으로 강철이 매일 와서 석구와 돌팔매 훈련을 할 거라고 했다. 석구와 강철은 훈련장 옆 감나무에 달린 홍시를 맞히기로 했다. 석구가 먼저 열 번이나 돌팔매질을 했지만 맞히지 못했다. 그다음 그 아이는 단 두 번으로 홍시를 맞혔다.

강철은 자기는 한 달 전에 모든 시험을 통과했다면서 석구에게 물었다.

"난 강철인데 넌 이름이 뭐냐?"

"난 〈비둘기집〉에 사는 석구야. 너는 여길 어떻게 들어왔어?"

"몇 달 전에 친구인 살치, 도치와 함께 이 산에 토끼 사냥 왔다가 이 소굴을 보고 창고에서 물건을 훔치려다 산적들에게 잡혔어. 벌로 1년 동안 이 소굴에서 훈련을 받고 심부름을 하기로 했어. 한 달 전에 셋 모두 시험을 통과하고 지금 〈들개집〉에 있어."

"나도 친구 두 명과 강화도 가는 길에 눈 때문에 길을 잃고 여기로 왔는데 눈이 녹으면 보내준다고 했어. 넌 우리보다 일찍 잡혀 왔는데 여기가 어떤 곳인지 좀 파악했어?"

"알겠지만 이곳은 산적 소굴인데 현재 100명쯤 여기에 있나 봐. 전에는 200명 이상이었는데 사람이 점점 줄다 보니 혹시 몰라 아이들이라도 훈련을 시킨대. 매일 근처 마을 부잣집이나 관가로 나가 곡식 등을 훔치고 굶는 사람들에게 나눠주기도 하나 봐."

"산적들이 훔치기만 하는 게 아니라 좋은 일도 하네."

"무리 중엔 삼별초 출신들도 있다는데 그래서 그러는 것 같아. 우리는 사실 여기서 도망치려고 준비하고 있어. 1년이 되려면 아직도 일곱 달이나 남았는데 못 기다리겠어."

"뭐 여기를 탈출한다고? 그러다 잡히는 거 아냐?"

"잡히지 않으려고 시간과 장소 등 계획을 치밀하게 짜고 있어. 너도 함께하지 않을래?"

석구는 자기들은 봄이면 풀어준다고 했지만 믿을 수 없었다. 그런데 강철이 치밀하게 준비해서 도망친다는 말에 덥석 약속하고 말았다. 무엇보다 미운 웅이와 함께 있는 게 싫다 보니 강철을 잘 모르면서도 믿고 싶었다.

강철이 함께 탈출할 살치와 도치도 만나고 비밀리에 할 말이 있으니 〈들개집〉으로 가자고 했다. 마침 그날은 오후에 비둘기 훈련이 쉬는 날이어서 따라가기로 했다. 강철은 가는 길에 자기들 셋은 탈출을 결심하고 배신하지 않기로 맹세했다면서 함께 탈출하려면 세 사람 앞에서 맹세해야 한다고 했다. 석구는 그렇게 하겠다고 약속했다.

〈들개집〉으로 들어가니 살치와 도치가 있었다. 살이 검은 살치는 키가 크고 도치는 키가 작았다. 강철은 석구를 소개했다.

"오늘부터 우리와 함께하면서 같이 탈출하기로 한 석구다."

"함께하기로 한 걸 환영한다."

석구는 이미 엎질러진 물이라고 생각하고 자기를 끼워줘 고맙다고 했다.

"우리 넷은 앞으로 끝까지 함께한다. 탈출할 때까지 절대 배신하지 않는다. 우리는 이미 맹세했으니 석구가 우리 앞에서 맹세해라."

석구는 강철이 알려준 대로 세 명과 차례차례 오른손을 맞댄 다음 눈을 바라보며 배신하지 않겠다고 맹세했다.

"이 맹세를 절대로 잊어버리면 안 된다. 앞으로 서로 힘을 모으고 비밀은 지켜야 한다. 그리고 석구 네가 해야 할 일이 있으면 그때그때 만나서 알려주겠다."

석구는 셋에게 다음에 보자고 말하고 서둘러 〈비둘기집〉으
로 왔다. 웅이와 두산은 훈련장에서 아직 오지 않은 것 같아
석구는 남은 땔감이 있어 아궁이에 불을 때고 있었다.

조금 후에 웅이와 두산이 돌아왔다. 석구는 둘을 보니 삼
총사 맹세를 배신하는 것 같아 피했다. 석구는 잠자리에 들
어서도 그날의 맹세가 신경 쓰여 쉬 잠들지 못했다.

다음 날에도 웅이와 두산은 비둘기 훈련장으로 가고 석구
는 돌팔매 훈련장으로 갔다. 석구가 훈련장에 도착하니 강철
이 먼저 와 있었다. 둘은 모른 척하며 돌팔매질 연습을 했다.

훈련이 끝나고 웅이와 두산은 집으로 돌아왔다. 저녁때가

되어 비둘기 훈련을 마친 석구가 돌아왔다. 석구는 여전히 아무 말이 없었다. 그날은 땔감이 없어 방안 화롯불을 지폈다. 저녁을 먹고 셋이 화롯가에 앉아 훈련 이야기를 했으나 웅이와 두산만 떠들었다. 웅이가 잠시 조용히 하라면서 방문을 열어보고는 돌아와 조용히 얘기했다.

"내가 이곳 지리를 익히고 있으니 곧 도망치자. 봄까지 기다리기에는 너무 멀어."

"그래, 봄이 와도 안 풀어줄 수 있잖아."

두산이 동의했지만 속으로 뜨끔한 석구는 묵묵부답이었다.

"석구야, 너도 동의하지? 이건 절대 비밀로 하고 내가 곧 계획을 알려줄게."

석구는 마지못해 고개만 끄덕였다. 석구는 강철 일행과 먼저 탈출할 생각만 하고 있었는데 웅이도 탈출 계획을 세운다니 머리가 복잡해졌다.

두산은 탈출한다는 데도 아무 말이 없는 석구가 이상했다. 뭔가 비밀일 숨기고 있는 것처럼 보이기도 했다. 석구가 없을 때 웅이에게 석구가 비밀을 가진 사람 같다고 말해보았지만, 웅이는 석구가 힘들어 그럴 거라며 대수롭지 않게 말했다.

웅이와 두산이는 비둘기 훈련, 석구는 돌팔매와 비둘기 훈련이 계속되었다. 마침내 비둘기 훈련 시험 날이 다가왔다.

전날 비둘기를 안고 시험 목적지인 산 아래 초소를 다녀왔다. 비둘기들에게 시험 목적지임을 알도록 한 것이다. 둘은 손등에 올린 비둘기 다리에 편지를 묶고 쓰다듬은 다음 날려 보냈다. 둘은 비둘기가 초소에 잘 도착해 답장편지를 가지고 오길 기도했다. 기다리는 시간이 초조했다.

한 시간쯤 지나고 웅이 비둘기가 다리에 묶은 편지를 가지고 돌아왔다. 두산이 비둘기도 곧바로 다리에 답장을 묶어 도착했다. 웅이와 두산이 둘 다 통과였다. 석구는 그날 돌팔매 훈련과 비둘기 훈련을 간신히 통과했다. 둘 다 통과 기준에 못 미쳤지만 계속 혼자만 훈련할 수 없어 통과시켜 주었다.

모든 시험을 통과한 웅이와 두산이 먼저 집으로 돌아왔다. 한참 후에 석구가 웃는 얼굴로 집에 왔다. 시험을 통과한 것을 직감한 두산이 말했다.

"석구야! 고생 많았다. 축하해."

웅이도 축하한다고 말해주었지만 석구는 금세 무표정한 얼굴이 되어 고개만 끄덕일 뿐 말이 없었다.

그날 밤이 깊자 웅이가 말했다.

"우리는 모든 훈련을 통과했다. 이제 우리를 어떻게 할지 모르겠지만 봄이 오기만을 기다리며 있을 수는 없다. 난 그동안 이곳을 탈출하기 위해 지리를 익혀두었고 날을 잡았다.

돌아오는 그믐날 밤 12시 이 〈비둘기집〉 아래 큰 바위 밑으로 가 탈출을 감행한다. 우리는 삼총사로서 언제나 행동을 함께하기로 했다. 그날 함께 탈출하기로 맹세할 수 있지?"

석구는 깜짝 놀랐다. 그다음 날인 초하룻날 밤 강철 일행과 탈출하기로 약속해 놓았는데 웅이가 하루 먼저 탈출하자고 할 줄 몰랐기 때문이다.

"삼총사는 한 몸이나 마찬가지니 당연하지."

두산의 말에 웅이는 고개를 끄덕였다.

"석구도 알겠지? 비밀을 지키는 거다."

석구는 마지못해 고개를 끄덕이면서도 마음속은 복잡했다.

배신과 탈출

 다음 날, 〈비둘기집〉 옆 공터로 모두 모이라고 했다. 세 사람도 나가니 맨 앞에 세웠다. 두목이 나와 훈련을 모두 통과한 셋이 여기 있는 동안 자기 무리의 일원으로 받아들인다고 선포했다. 모든 시험에서 좋은 성적을 거둔 웅이는 특별히 칭찬을 받았고 모두가 박수로 환영했다.

 환영식이 끝나고 모두 돌아간 다음 부두목과 셋만 남았다. 부두목이 말했다.

 "우리 두목님은 나라를 지키기 위해 노력한 삼별초 중의 하나인 야별초 군인이었다. 전쟁 중에 팔을 다쳐서 군을 나온 분이다. 이곳에 진지를 만들고 사정으로 삼별초에서 나온 군인들과 백성을 위해 좋은 일을 하겠다는 사람들을 모았다. 우리들은 불쌍한 백성을 돕는 좋은 일을 하고 있다. 많은 세금을 걷고, 백성을 괴롭히는 나쁜 관리와 부자들을 혼내는 일을 한다. 일주일 후에 관가에 들어가 창고에서 곡식을 빼내 백성들에게 나눠주는 작전이 있는데 너희도 그때 함께 간다. 가서 어려운 백성의 실상을 직접 보면 좋을 것이다. 그때까지는 다른 일은 없으니 푹 쉬기 바란다.”

부두목의 말을 들은 다음 셋은 집으로 왔다. 웅이는 탈출하기로 한 그믐날이 나흘 후여서 일주일 후 출동 날짜보다 앞서서 다행이라고 생각했다. 석구는 바람 좀 쐬고 들어가겠다며 강철 일행이 있는 집으로 갔다. 강철을 만난 석구는 웅이의 탈출 계획을 알려주었다.

“그믐날 밤 12시에 〈비둘기집〉 아래 큰 바위에 모여 빠져나가는 계획이다.”

“그래? 그믐날 낮에 내가 두목에게 가서 이 사실을 알리겠다.”

강철은 웅이의 탈출 계획을 이용하여 자신들의 계획을 바꿨다. 원래 그다음 날 탈출하기로 한 것을 그날 하기로 하였다. 웅이의 계획을 두목에게 알려 산적들이 웅이 일행을 잡는데 관심이 쏠렸을 때 그때 탈출하면 쉬울 것 같았다. 이런 사실을 모르는 웅이는 그날도 자세한 탈출 계획을 짜고 있었다.

나흘 후, 드디어 그믐날 밤이 되었다. 요 며칠은 밤에 일이 없어 일찍 잠자리에 들었다. 셋은 자지 않고 기다렸다가 12시가 가까워지자 봇짐을 메고 슬며시 집을 빠져나왔다. 탈출 지점인 집 아래 개울가 큰 바위로 가는 중이었다. 석구가 갑자기 배가 아프다며 뒷간에 다녀온다고 했다.

"12시 출발이니 늦지 않게 와!"

"알았어."

대답하는 석구의 목소리가 떨렸다. 둘은 이상한 생각이 들었다. 둘은 바위 앞에서 한참을 기다렸지만 석구는 돌아오지 않았다.

"석구가 변심을 한 것 같아! 둘이만 가자"

웅이 말이 끝나고 발걸음을 떼려던 순간 앞이 환해지며 횃불을 든 산적들이 나타났다.

"꼼짝 말고 엎드려!"

둘은 산적들에게 붙들려 〈호랑이집〉 앞으로 끌려왔다. 산적들은 나무기둥에 둘을 꽁꽁 묶은 다음 아침까지 기다리라고 했다. 한겨울은 아니었지만 둘은 밤새 온몸이 얼어붙는 것 같았다. 비밀이 어떻게 새나갔을까? 웅이 생각에는 석구밖에 없었다. 삼총사로 함께하자고 맹세했는데 석구의 배신에 분이 나 울었다.

웅이와 두산이 잡히는 사이 석구는 강철, 살치, 도치와 함께 산 능선을 달려 산적 소굴을 손쉽게 빠져나왔다. 그동안 지리를 읽혀둔 강철의 덕도 있었지만 산적들이 웅이와 두산이를 잡는 데만 정신이 팔려 다른 데는 신경 쓰지 못했다. 석구 몸에서 땀이 비 오듯 쏟아졌다. 석구는 삼총사로서 배신한 것 같아 양심의 가책을 느꼈다. 산에서 다 내려오니 새벽이 되었다.

"석구야! 넌 고향으로 돌아가는 거냐? 우리도 고향으로 돌아가련다. 잘 가라."

강철의 인사를 받으며 석구는 고향을 향해 걸었다. 춥고 배고팠다. 주막에서 연기가 피어났다. 석구는 주머니에 넣어둔 엽전을 꺼내 국밥을 시켰다. 소굴을 탈출하다 잡히면 살아남기 힘들다는 소리를 들었던 석구는 친구들을 팔아넘긴 것 같아 자책감이 들기도 했다. 하지만 금세 마음을 바꿨다.

'웅이와 두산이 가족에게 잘 해주면 되잖아?'

석구는 고향을 향해 걸음을 재촉했다. 며칠 지나 고향 집에 다다랐다. 대문을 두드리니 두산이 형 일산이 문을 열어 주었다. 일산이 깜짝 놀라 소리치자 모두 뛰어나왔다. 석구는 변명했다.

"웅이와 두산이는 강화도로 아버지를 찾아가고 있어요. 가는 중간에 산적 소굴로 잘못 들어가 그들에게 잡혀 훈련을 받았어요. 그러다가 셋이 한밤중에 도망쳤어요. 둘은 꼭 강화도로 가겠다고 해서 저만 돌아왔어요. 웅이와 두산이 부모님께 소식을 전하라고 했어요. 웅이는 아버지 소식을 가지고 돌아온다고 했어요. 왜 분이는 보이지 않아요?"

어릴 적부터 분이를 좋아했던 석구는 분이부터 찾았다.

웅이 어머니는 땅에 주저앉아 통곡하며 말했다.

"몽골군들이 쳐들어와 분이를 잡아갔단다."

석구는 깜짝 놀랐다. 분이가 무사할지 걱정이 앞섰다.

"씻고 들어가 저녁밥을 먹고 쉬렴. 안방 아궁이에 불을 지피겠다."

석구는 창고 열쇠를 받아 곳간을 둘러보았다. 곳간이 꽉 차 있었다.

"농사짓느라고 고생 많으셨네요."

석구는 방으로 돌아와 밤새 고민 끝에 분이를 구하러 가기로 했다.

다음 날 석구는 분이를 구하러 간다고 웅이 어머니에게 되는 대로 곡식과 재산을 팔아 돈을 마련해 달라고 했다. 돈이 마련되는 대로 분이를 구하러 떠나겠다고 했다.

"돈은 마련하겠다만 네가 어떻게 분이를 구하겠느냐?"

"너무 걱정하지 마세요. 분이가 어떤지 알아보고 구해서 돌아올게요."

석구는 처음에는 웅이와 두산에게 미안했지만 그런 마음은 사라졌다. 분이를 구해주면 웅이가 오히려 자기에게 은혜를 갚아야 한다고 생각하며 미운 둘이 산적 소굴에서 죽었기를 바랐다. 그래서 둘이 강화도로 떠났다는 거짓말도 거침없이 할 수 있었다,

아침이 되어 두목이 나왔다. 웅이와 두산은 묶인 나무에서 풀리고 손발이 묶인 채 땅에 꿇어앉았다. 두목이 물었다.

"겨울에는 위험하니 봄이 되면 내보내 준다고 했다. 그동안 훈련도 잘 받고 모두 통과했다. 그런데도 도망치려는 이유가 무엇이냐?"

"저는 부모님이 노비로 온 식구가 주인집 일을 하며 살았습니다. 몽골군이 쳐들어와 주인집 부부와 식솔들을 해쳤습니

다. 앞장서 싸우던 아버지는 몽골군에게 끌려가고, 몸이 아픈 어머니와 여동생이 주인집 일을 합니다. 아버지는 몽골군에 끌려가다 도망쳐 삼별초가 되었다고 합니다. 저는 삼별초군이 된 아버지를 찾으러 강화도로 가는 도중 잡혀 왔습니다. 빨리 아버지를 찾아 그 소식을 애타게 기다리는 어머니께 전해야 하는데, 봄까지 기다릴 수가 없어 도망치려고 했습니다.”

둘은 땅에 엎드린 채 웅이가 사실대로 말했다.

“우리는 도적으로 불리지만 백성을 위해 싸우고 있다. 나쁜 관리들이 나라에서 정한 세금보다 많은 곡식을 백성들에게 거둬들이고 있다. 우린 백성들 피와 땀을 빼앗는 관리들과 부자들의 곡식이나 재물을 빼앗아 가난한 백성들을 돕는 일을 한다. 어린 너희들을 훈련시킨 건 여기서 부려먹기 위함이 아니었다. 있는 동안 훈련을 받아두면 너희가 어른이 돼서 백성을 위해 일할 수도 있으니 그때 써먹으라는 뜻이었다. 그리고 봄이 되면 약속대로 풀어줄 생각이었다. 그런데도 내 뜻을 모르고 도망치려 했으니 용서할 수가 없다. 하지만 너희가 부모를 생각하는 마음이 갸륵하니 특별히 용서하마. 다만 앞으로 너희가 자라 백성을 위해 노력하겠다고 약속하면 아버지를 찾아가도록 풀어주겠다.”

“용서해 주신다면 아버지를 찾아 그 소식을 어머니께 전한

다음 백성을 돕는 일을 찾아 앞장서겠습니다."

"저 역시도 웅이와 함께 백성을 돕는 일에 나서겠습니다."

웅이와 두산이 연달아 두목에게 약속했다.

"너희 약속을 믿고 용서하겠다. 아버지를 만난 다음 꼭 백성을 위해 싸우기 바란다."

"은혜는 잊지 않겠습니다."

그때 보초병이 와서 두목에게 고개를 조아렸다.

"강철과 살치, 도치, 석구가 어젯밤 도망쳤습니다."

"온 산을 뒤져 찾아보아라."

지시를 내린 두목은 둘에게 빨리 떠나라고 했다.

둘은 두목에게 인사를 하고 그 소굴을 빠져나왔다. 찬바람이 불어와 온몸을 때렸다. 둘은 소굴이 있는 산에서 내려와 가까운 주막집에서 따끈한 국밥을 시켜 먹었다. 힘들게 훈련받던 일이 꿈속 같았다.

마침내 온 강화도

웅이와 두산은 십 여일을 걸어 마침내 강화도행 배를 타는 월곶나루에 도착했다. 십여 일을 제대로 먹지도 자지도 못한 채 계속 걷다 보니 몸은 곧 쓰러질 듯 비척거렸다. 둘은 이제 배만 타면 된다는 생각에 자기도 모르게 눈물을 흘렸다. 곧 바로 강화도로 떠나는 배가 있어 사공에게 뱃삯을 주고 조그만 나룻배에 올라탔다.

웅이는 아버지를 만나길 마음속으로 빌었다. 나룻배가 센 파도에 흔들거렸다. 두산은 배에 타자마자 배 바닥 한쪽에 드러누웠다. 한참을 가니 강화도 나루터에 배가 도착하였다. 사공은 고려 왕궁이 옮겨와 있는 강화도를 강도라고 부른다고 했다.

저녁때라 그런지 사람들 발걸음이 빨랐다. 고려 국왕이 사는 곳이라니 긴장되었다. 바다는 붉게 물들어 아름다웠다.

나루터 근처 주막집을 정해 당분간 숙식을 해결하기로 했다. 강화도의 첫날 둘은 주막에서 제공하는 저녁을 정신없이 먹고 곯아떨어졌다.

다음 날 둘은 아침 식사를 하고 밖으로 나왔다. 근처에 있다는 시장으로 갔다. 시장 앞에서 두산은 시장 주변을 돌아보기로 하고 저녁때 그 자리에서 다시 만나기로 했다. 웅이는 시장으로 들어갔다. 막 시장 입구에 들어섰을 때 "도둑 잡아라!" 하는 소리가 들리고, 한 아이가 전대 보따리를 들고 달려오고 있었다. 몸이 날쌘 웅이는 그 아이를 잡아 넘어뜨렸다. 몸이 뚱뚱한 아저씨가 달려왔다.

"내 전대를 찾아 주어서 고맙구나!"

아저씨는 전대를 찾아 품에 안았다. 군졸 두 명이 다가와 전대를 훔치려던 도둑을 끌고 갔다. 아저씨는 시장에서 생선 가게를 한다며 웅이를 자기 가게로 데리고 갔다. 가게에 도착하여 한쪽에 앉자 아저씨가 물었다.

"강화도 사람이 아닌 것 같은데 여기는 무슨 일로 왔니?

웅이는 사실대로 말하지 않고 강화도에 일자리를 구하러 왔다고 둘러댔다.

"그러면 우리 가게에서 일해 보지 않으련?"

웅이는 어차피 아버지를 찾는 동안 일을 하면 좋을 것 같아서 수락했다. 시장에서 큰 가게여서 할 일이 많을 것 같았다. 주인아저씨는 그럼 바로 일을 시작하자면서 손수레를 끌고 부두에 가서 생선 상자를 실어오자고 했다.

아저씨와 함께 부두에 가니 고깃배에서 생선 상자를 내리고 있었다. 웅이도 아저씨와 손수레를 대고 생선을 실었다. 손수레에 생선 상자가 가득 차자 끈으로 묶고 다시 가게로 향했다. 아저씨가 끌고 웅이는 뒤에서 힘껏 밀었다. 가게에 도착해서 생선을 다 내리고 나니 아저씨가 말했다.

"네가 힘도 좋고 일을 잘하는구나! 오늘 일은 여기까지만 하고 가서 쉬어라!"

주인아저씨는 일한 삯에 도둑을 잡아주었다며 엽전을 열 닢이나 주었다. 웅이는 기분이 좋아 하늘로 뛰어오를 것만 같았다.

"고생 많았다. 내일부터 아침 일찍 올 수 있지?"

웅이는 알겠다고 인사하고 두산이를 만나러 갔다. 두산이는 만나기로 한 장소에 미리 와 있었다. 주변을 둘러보았으나 웅이 아버지를 찾을 만한 정보는 얻지 못했다고 하였다. 웅이는 자기에게 일어났던 얘기를 들려주고 내일 같이 생선 가게에 가보자고 했다.

다음 날 두 사람은 새벽에 일어나 생선 가게로 뛰어갔다. 갈

매기 떼들이 날며 응원하는 것 같았다. 주인아저씨가 먼저 나와 문을 열고 있었다.

"저와 같이 살고 있는 친구예요. 여기서 함께 일하면 안 될까요?"

주인아저씨는 한참을 고민했다.

"체구가 작아도 착하게 보이니 그리하렴. 대신 열심히 일해야 한다."

열심히 일하겠다고 웅이와 두산이 동시에 대답했다.

둘은 매일같이 부두에 나가 생선 상자를 실어오고 객사에 생선을 배달하는 일을 했다. 가게를 열고 닫을 때 청소도 말끔히 하였다. 힘든 일이었지만 둘이 힘을 모으니 힘들지도 않고 재미가 있었다. 둘은 사는 곳도 주인아저씨 집으로 옮겼다.

어느덧 일한 지도 한 달이 되었다. 잠시 쉬는 시간에 주인아저씨는 둘을 흐뭇한 듯 바라보더니 말했다.

"한 달간 너희를 지켜보며 느낀 점이 많다. 열심히 일해주니 우리 가게에 보물이 들어온 거 같아."

아저씨 칭찬에 웅이와 두산의 얼굴이 빨개졌다. 주인아저씨는 웅이가 대견했다. 자기 아들이었으면 좋겠다는 생각이 들었다. 주인아저씨는 웅이를 불렀다.

77

"난 자식이 없는데 네가 내 양아들이 되면 좋겠구나."

웅이는 급작스러운 제안에 놀라 한참을 생각하다 그때야 자기 사연을 털어놓았다.

"몽골군이 쳐들어와서 주인댁 마님 부부를 해쳤어요. 그 댁 하인이었던 아버지와 다른 아저씨들은 잡혀갔어요."

웅이는 가슴이 북받쳐 잠시 말을 멈췄다.

"아버지와 함께 잡혀갔던 아저씨가 고향에 돌아와서 말해 주었어요. 몽골군에 잡혀가다 아버지와 함께 도망쳤는데 아버지는 강화도로 갔다고 했어요. 그래서 아버지를 찾으러 이곳에 왔어요. 오는 도중에 산적에게 붙잡혀 있기도 했어요. 이곳에 왔지만 어떻게 아버지를 찾을지 막막해요. 아버지, 어머니가 있는데 양부모를 모실 수는 없어요. 그렇지만 아들처럼 잘할게요."

"그런 사연이 있었구나. 나도 내 아버지를 찾도록 수소문해 보마."

"아버지는 충주에서 온 돌쇠라는 분이세요. 아버지를 찾도록 도와주세요. 저는 아버지를 찾고 꼭 어머니에게 돌아가야 해요. 그다음에 삼별초군이 되어 나라를 지키는 데 도움이 되고 싶어요."

웅이는 울음을 터트렸다. 주인아저씨가 어깨를 다독여 주었다.

웅이와 두산은 매일같이 생선 가게에서 열심히 일했다. 웅이는 주인아저씨가 아버지를 찾아보겠다고 수소문하고 다녀서 소식을 기대했으나 별다른 말이 없었다. 그렇다고 나서서 물어볼 수도 없었다.

웅이와 두산은 매일 부두 고깃배에서 생선을 실어오고 객사에 생선을 배달하는 일을 반복하면서도 게으름피우지 않았다. 열심히 일하고 몸이 지치면 웅이와 두산은 하루씩 쉴 수 있었다.

봄이 무르익어가던 어느 쉬는 날, 웅이는 두산과 마니산에 다녀오겠다고 주인아저씨께 허락을 맡았다. 웅이와 두산은 처음으로 마니산에 오르니 신났다. 석구까지 삼총사가 고향의 남산을 오른 생각이 났다. 웅이는 배신한 석구 생각을 하니 화나고 마음이 아팠다. 두산 역시도 마찬가지였다. 둘은 서로 석구에 대해 말을 꺼내지 않았다.

산에서는 산의 정기가 둘의 몸에 배어들고 싱그러움이 온몸에 상쾌함을 더해 주었다. 둘은 단군왕검이 하늘에 제사를 지냈다는 참성단까지 올라갔다. 둘은 그곳에서 싸온 도시락을 먹으며 하늘을 바라보았다. 새처럼 날아오를 것만 같았다. 파란 하늘이 손에 잡힐 듯하였다. 둘은 그곳에서 한동안 휴식을 취하였다.

산에서 내려올 때 풀숲에서 애처로운 새 울음소리가 들려왔다. 들여다보니 비둘기 한 마리가 날개를 다쳐 날지 못한 채 울고 있었다. 웅이는 웃옷을 벗어 비둘기를 싸고 산에 내려왔다. 팔딱팔딱 뛰는 비둘기의 심장 소리가 전해져 마음이 이상했다. 집에 돌아와 주인아주머니께 말씀드리니 큰 바구니에 수건을 깔아주셨다. 먹이 그릇에 좁쌀을 넣어주고 물그릇엔 물도 채워주었다. 웅이는 상처 난 비둘기 날개에 약을 발라주었다.

밤에도 비둘기는 웅크리고 있었다. 한참 후에야 비둘기는 넣어준 먹이와 물을 먹었다. 웅이는 아침에도 먹이를 넣어주고 물도 더 채워주었다. 약도 발라주었다. 산적 소굴에서 비둘기 훈련을 한 생각이 났다. 웅이는 주인아주머니께 비둘기를 부탁하고 두산과 아침 일찍 가게로 나가 문을 열고 청소하였다. 요즘 주인아저씨가 몸이 좋지 않아 가게를 쉬곤 해서 둘이 더 부지런히 일해야만 했다.

그날 일을 마치고 집에 왔다. 저녁 식사 후 웅이는 비둘기부터 챙겼다. 비둘기는 그새 많이 좋아졌다. 웅이를 보고도 이제 웅크리지 않았다. 웅이는 왠지 이 비둘기가 자기와 통하는 것 같았다. 웅이는 비둘기 훈련을 받았던 만큼 이 비둘기를 자기가 키우며 잘 훈련시키기로 마음먹었다.

웅이는 시간이 될 때마다 집 뒷산에 가서 비둘기 훈련한 경험을 살려 길들이기를 시작했다. 두산이도 옆에서 거들었다. 날개의 상처도 다 나아서 날기 연습부터 시작하였다. 처음에는 조금 날다가 주저앉더니 금세 능숙하게 날았다. 그다음에는 편지를 전달하는 훈련을 하였다. 웅이는 비둘기가 잘할 때마다 먹이를 주었다. 생선 가게에도 데리고 가 그곳에서도 틈틈이 훈련하였다. 웅이는 자기와 두산이 냄새를 계속 맡게 하여 둘의 냄새를 비둘기가 알도록 하였다.

어느 정도 훈련이 되자 웅이는 두산이는 집에 있게 하고 자기가 뒷산에서 비둘기 다리에 편지를 묶어 날려 보냈다. 과연 집의 두산에게 도착하여 두산의 편지를 가지고 돌아올지 웅이는 기대 반, 걱정 반으로 기다렸다. 조금 후에 비둘기가 뒷산으로 날아왔다. 비둘기 다리에는 두산의 편지가 묶여 있었다. 훈련 성공이었다. 하지만 가까운 거리이니 안심할 수 없었다.

다음 날 웅이는 두산이를 먼저 가게에 가 있도록 했다. 웅이는 비둘기 다리에 편지를 묶어 날려 보냈다.

"가게에 있는 두산이한테 편지를 전하고 돌아오렴."

비둘기는 힘차게 날아갔다. 한참을 기다리니 비둘기가 날아왔다. 두산이가 보낸 답장 편지를 다리에 묶고 있었다. 그 정도면 완전한 성공이었다. 웅이가 비둘기 길들이기에 성공한 걸 보고 주인아저씨 부부는 웅이가 대단하다고 칭찬했다. 웅이는 이 비둘기가 앞으로 자기에게 큰 힘이 될 것 같았다. 웅이는 비둘기를 보물처럼 소중하게 다루기로 했다.

웅이와 두산이 강화도로 와 바쁘게 일하다 보니 금세 몇 년이 흘렀다. 둘은 어느덧 청년이 되었다.

어느 여름날, 밖에 나갔던 주인아저씨가 가게로 달려 들어왔다.

"웅아, 네 아버지가 충주에서 온 돌쇠라고 했지?"

"네 맞아요."

"날 따라와 봐라."

웅이는 두산에게 일을 맡기고 아저씨를 따라 달렸다. 어떤 식당 안으로 들어가며 사람을 부르니 주인이 주방에서 나왔다.

"친조카라는 삼별초 군졸 출신이 자네 집에 있는가?"

"몽골군에게 부모를 잃은 불쌍한 조카네. 삼별초군이 되었다가 팔을 다쳐 나오고 지금은 우리 식당에 머무르며 일할 곳을 찾는 중이네."

"내 가게에서 일하는 웅이가 삼별초 아버지를 찾고 있으니 조카를 만나도록 해주게."

아저씨가 상기된 얼굴로 말하자 식당 주인이 안으로 들어가 홀쭉한 청년을 데리고 나왔다.

"내 조카 경수네."

"자네, 삼별초 군졸 중 충주 출신의 돌쇠라는 사람을 알고 있나?"

주인아저씨의 말에 청년이 고개를 끄덕였다.

"자세히 얘기해주면 좋겠네."

그는 한참 눈을 감았다가 뜨더니 말했다

"그는 몽골군이 자기 대감댁을 쳐들어 왔을 때 싸우다가 몽골군에 잡혀 끌려가는 중에 탈출해서 삼별초가 되었다고 들었어요. 그는 체구가 크고 기운도 세서 언제나 앞장서서 용감하게 싸운다고 삼별초에서 소문이 자자했어요."

"어디로 가면 그 사람을 만날 수 있겠나?"

청년의 얘기를 들으니 웅이는 삼별초군 아버지가 자랑스러웠다. 그런 아버지를 어서 만나고 싶었다.

"전 몽골군과 싸울 때 오른팔을 다쳐서 삼별초에서 나왔어요. 그 사람은 몽골군과 싸우기 위해 강원도 인제 한계산성으로 간다고 했어요. 한계산성에 가면 만날 수 있을 거예요."

"한계산성이라니 멀리 갔군. 고맙네."

집에 돌아온 주인아저씨는 웅이에게 말했다.

"너는 짐을 꾸려 배를 타고 강화도를 떠나 한계산성으로 가서 아버지를 찾아보거라. 가는 길이 멀고 험하지만 꼭 아버지를 찾고 건강한 몸으로 돌아오기 바란다."

웅이와 두산은 입을 옷과 필요한 물품들을 넣어 봇짐을 쌌다. 화살과 화살촉이 든 통도 봇짐에 세워서 짐을 쌌다. 주인 아저씨가 넉넉하게 준 엽전은 속바지에 주머니를 만들어 넣었다. 애써 훈련한 비둘기도 챙겼다.

한계산성에서 만난 아버지

 둘은 바삐 갑곶포구로 갔다. 한 시간 뒤쯤 안산 잿머리포구로 출발하는 나룻배에 올라탔다. 배 위로 뜨거운 여름 햇살이 쏟아져 내렸지만 웅이는 아버지를 만난다는 생각에 꼼짝 않고 있었다. 그나마 바다에서 시원한 바람이 불어와 더위를 식혀 주었다. 나룻배가 드디어 안산 잿머리포구에 도착하였다. 둘은 배에서 내려서 주인아주머니가 싸준 주먹밥으로 끼니를 해결했다.

 한계산성에 어떻게 가야 하는지 모르는 웅이는 마침 지나가는 아저씨에게 물었다.

 "아저씨! 인제 한계산성을 어떻게 가는지 알려주십시오."

 웅이 말에 아저씨 눈이 휘둥그레졌다.

 "멀고 위험한 곳을 왜 찾아가려고 하느냐?"

 "아버지가 한계산성에서 몽골군과 싸우신다고 들었어요."

"그곳에 가면 자칫 목숨을 잃을 수도 있어."

"위험해도 가서 아버지를 찾아야 하니 길을 알려주세요."

아저씨는 할 수 없이 길을 알려주었다.

"지금 출발하면 마차를 타고 가도 도착하기 전에 어두워진다. 오늘은 우리 집에 가서 자고 내일 새벽에 출발하렴. 내 동생도 삼별초군이다. 아파서 그동안 집에서 치료를 받았는데 내일 인제로 간다고 했다. 너희를 데리고 갈 수 있는지 말해보마."

둘은 좋아서 아저씨 뒤를 따라갔다.

집에 도착하자 아저씨는 식구들에게 두 사람을 데리고 온 사정을 얘기했다. 삼별초 동생은 내일 떠나기 전 볼 일이 있어 나갔다고 했다. 둘은 동생을 보지 못하고 잠들었다. 새벽에 눈 뜨니 군졸 아저씨가 얘기 들었다면서 떠나자고 했다.

서둘러 아침밥을 먹고 주먹밥과 물을 등짐에 넣었다. 동생을 보내는 아저씨 눈가가 촉촉해졌다. 웅이는 비둘기가 든 집과 화살 등이 든 등짐을 챙겼다. 삼별초군 아저씨를 따라가니 아저씨가 동생을 위해 구해 놓은 마차가 한 대 있었다.

마차에 오르기 전 삼별초군 아저씨는 다친 머리가 나아서 한계산성에 다시 들어간다고 했다.

"저희도 충주성 싸움 때 관군을 도와 몽골군을 무찔렀어요."

웅이 말에 삼별초군 아저씨가 놀랐다.

"인제에 가면 산성으로 가 삼별초군을 도우려는 사람들이 모여 있으니 함께 가자꾸나!"

아직 어둑어둑했다. 마부가 마차를 빠르게 몰았다. 인제는 멀어서 마차로 가도 하루가 꼬박 걸려 산성 아래서 하룻밤을 자고 다음 날 산성으로 간다고 했다.

인제에 도착하니 이미 어두워졌다. 삼별초군 아저씨가 아는 집으로 가 그날 밤을 보냈다. 다음 날 일찍 사람들이 모인다는 곳으로 가니 꽤 많은 사람이 있었다. 사람들은 싸움 도구들과 봇짐을 하나씩 지고 있었다.

사람들이 다 모인 듯하자 삼별초군 아저씨가 나섰다.

"한계산성으로 출발하니 잘 따라오길 바랍니다. 몽골군에게 들킬 수 있으니 말없이 걸어 옥녀봉 계곡으로 오를 겁니다."

둘은 맨 앞에 선 삼별초군 아저씨를 바짝 따라붙어 걸었다. 땀이 쏟아지고 힘들어도 참으며 걸었다. 삼별초군 아저씨가 뒤돌아보며 웃었다

"너희들 표정을 보니 몽골군을 만나면 싸울 태세구나!"

"아버지도 만나고 몽골군과도 싸워 이길 겁니다."

웅이 말을 들은 아저씨들이 "몽골군을 쳐부수자!" 소리치

자 메아리가 설악산을 울렸다.

"쉿! 주변에 있는 몽골군이 들으면 큰일 납니다."

사람들이 입을 다물었다. 한참을 간 다음 모두 앉아서 싸온 주먹밥과 물을 마셨다.

"여기는 대승폭포 방향으로 설악산 중간쯤 되는 곳입니다. 다시 출발!"

모두 계곡과 바위를 타고 위로 올랐다. 둘은 다리도 아프고 갈수록 지쳤다. 비둘기도 웅크리고 있었다. 한계산성으로 가는 길은 경사지고 미끄러워 위험했지만 서로 힘을 모으며 나아갔다.

"이제 거의 다 왔으니 조금만 더 힘내세요."

삼별초군 아저씨는 몽골군들이 진을 치지 않은 쪽으로 사람들을 이끌었다. 한계산성은 산새를 따라서 지은 포곡식 산성* 이었다. 계곡을 타고 오르면 한계산성으로 들어갈 수 있었다. 길게 늘어선 산성과 마주하는 성벽이 나타났다. 사람들은 비로소 안도의 숨을 내쉬었다. 성벽과 함께 자연암벽을 활용해서 쌓아 올린 산성은 웅장한 모습이었다. 웅이는 놀라서 입이 떡 벌어졌다. 오른쪽 성벽은 왼쪽 성벽보다 더 넓은 땅에 지어져 있었다. 삼별초군이 성벽을 빙 둘러 싸울 태세

* 산봉우리를 중심으로 주변 계곡 일대를 돌아가며 벽을 쌓는 방식의 성

를 갖추고 몸을 숨기고 있었다.

"제 자리에 멈춰!"

군졸들이 일행을 보고 다가와 소리쳤다. 모두 자리에 앉았다. 삼별초군 아저씨가 계급장과 이름이 새겨진 군복을 봇짐에서 꺼내 입었다. 그는 군졸들에게 같이 온 사람들은 삼별초군을 도울 사람들이라며 데리고 가라고 했다. 웅이와 두산은 그대로 있게 한 다음 둘을 군졸 중 충주에서 온 돌쇠와 만나게 해달라고 했다. 군졸이 따라오라고 하자 둘은 그를 따라 성안으로 들어갔다.

성안에 들어서니 삼별초군은 몽골군과 싸울 태세를 갖추고 있었고 많은 백성들이 군졸들을 돕고 있었다. 성 밖 가까운 곳에 주둔한 몽골군에 대비해 잠도 교대로 자며 한계산성을 지키고 있었다.

한 곳에 도착하니 군졸은 둘에게 기다리라고 했다. 조금 기다리니 새카만 얼굴에 눈빛은 반짝거리는 한 사람이 뛰어오며 말했다.

"아니? 내 아들 웅이가 맞느냐? 넌 두산이구나!"

웅이 아버지는 이 멀고 위험한 곳까지 자신을 찾아온 아들을 보고 가슴이 무너져 내렸다.

　웅이는 아버지 품에 안기며 울음을 터트렸다. 두산이도 따라 울었다. 아버지도 눈물을 글썽거렸다. 한참을 울다 어느 정도 진정이 되자 웅이는 바지 주머니 깊은 곳에서 무언가를 꺼내 아버지께 주었다. 어머니가 아버지를 만나면 전하라고 준 은비녀였다. 아버지는 은비녀를 받고 굵은 눈물을 흘렸다.

　"어머니는 저에게 아버지를 도와 나라 지키는 일을 하고 고향에 돌아오지 말라고 하셨어요. 하지만 저는 아버지와 함께 어머니와 분이에게 돌아가려고 해요. 그다음에 삼별초군이 되어서 몽골군과 싸워서 꼭 이길 거예요."

아버지와 웅이는 하염없이 눈물을 쏟았다. 두산이도 계속 눈물을 흘렸다.

"식구들이 얼마나 고생이 심했냐? 아버지 원망도 많이 했겠구나. 내가 빨리 고향에 돌아가려고 했는데 세월이 한참 흘러버렸구나!"

웅이 아버지는 오른쪽 다리를 절고 있었다. 웅이는 아버지가 걱정되어 물었다.

"왜 강화도로 가셨어요? 다리는 왜 저세요?"

"몽골군이 최 별장 집에 침입하자 나는 그들과 맞서 싸우다 포로로 잡혀 끌려갔다. 끌려가던 중에 몽골군으로 위장한 삼별초 군졸을 만났다. 몽골군의 비밀을 캐려고 들어와 있었는데 그가 도와주어 탈출할 수 있었다. 그 사람이 몽골군으로부터 비교적 안전한 강화도에서 살길을 찾아보라고 했다. 거기서는 삼별초군도 될 수 있다고 했다. 그래서 강화도로 가 거기서 자리 잡고 가족들을 데려오려고 했었다. 바로 삼별초군이 되는 건 어려워 나는 어느 대감댁 하인으로 들어가 일하게 되었다. 어느 날 그 대감댁에 몇 명의 몽골군이 쳐들어와 재산을 빼앗고 대감을 죽이려는 걸 내가 힘껏 싸워 이겨냈다. 그 대감은 목숨을 구해준 나를 삼별초군이 되도록 해 주었다."

"다리는 어떻게 다치셨어요?"

"이 년 전 몽골군과 큰 전투가 벌어졌다. 난 삼별초군 맨 앞에 서서 몽골군과 싸우다가 도망가던 몽골군이 쏜 화살을 다리에 맞았다. 다행히 치료를 잘 했지만 다리를 절게 되었다."

아버지도 눈물을 흘렸다.

"왜 위험한 이곳으로 아버지를 찾아왔느냐?"

"꼭 아버지를 찾아 어머니와 분이에게 아버지가 살아있다는 소식을 전하고 싶었어요. 그리고 저도 아버지처럼 삼별초군이 되어 몽골군과 싸우고 싶어요. 어머니도 아버지를 찾으면 돌아오지 말고 아버지께 배우고 삼별초군이 되어 나라를 지키라고 하셨어요. 저와 두산이는 아버지를 만나러 오는 길에 산적 소굴로 잘못 들어가 활쏘기와 돌팔매, 칼싸움 훈련을 받았고 비둘기도 길들였어요. 몽골군과의 싸움에서 많은 도움이 될 거예요. 산적 두목은 삼별초군 출신으로 관가나 부잣집 곡식을 빼앗아 불쌍한 백성들에게 나눠줬어요."

아버지는 훈련을 받았다는 말을 듣고 깜짝 놀라며 물었다.

"삼별초군이 되어 나라를 지키는 게 좋으냐?"

"몽골군이 우리 백성을 죽이고 잡아가며 재산을 빼앗아 가는데 언제까지 당하고만 살 수는 없잖아요. 전 어릴 때부터 나쁜 몽골군에 맞서는 삼별초 이야기를 들으며 삼별초군이 되겠다고 생각했어요. 여기 두산이와 석구까지 셋이서 삼별초군이 되기로 약속하고 훈련도 했어요."

아버지는 아들이 대견한 듯 흐뭇하게 바라보았다. 하지만 마음속으로는 강한 몽골군에 맞서는 일이 목숨이 위태로운 일이어서 걱정이 앞섰다. 웅이는 웅이대로 다리를 저는 아버지가 안타까웠고 어머니도 이 사실을 알면 마음 아플 것 같아 더욱 걱정이었다.

그날 밤부터 둘은 웅이 아버지가 쓰는 방에서 지냈다. 웅이 아버지가 허락을 받았다고 했다. 다음 날부터는 웅이와 두산은 삼별초군 옷을 받아 입고 지냈다.

비둘기 작전

한계산성의 성벽은 아래쪽은 큰 돌을 사용하고 위로 오르며 작은 돌을 사용하였다. 자연적 암벽을 이용해 성벽을 쌓은 석축산성이라고 했다. 성안에는 큰 우물과 대궐, 절이 있고, 돌을 쌓아 만든 천제단에서 나라를 위해 제사를 지낸다고 했다. 깊고 높은 설악산 속에 어떻게 웅장한 성을 만들었을지 놀랍기만 했다.

둘은 한계산성에서 몽골군과 큰 전투 없이 몇 달을 보냈다. 그러다가 몽골군과 큰 전투[*]가 벌어졌다. 삼별초군은 몽골군이 산성을 공격해 오자 야별초군이 불시에 출격하여 일격을 가하였다. 기습공격에 타격을 입은 몽골군은 도망가기 바빴다. 멀리 도망가 전열을 재정비한 몽골군은 다음 날 다시 공격을 개시했다.

---

[*] 1259년 2월 방호별감 안홍민이 삼별초의 하나인 야별초를 거느리고 출격하여 몽골군을 섬멸하였다.

몽골군이 쏜 화살이 날아오기 시작했다. 천둥이 치는 듯했다. 웅이는 아버지와 함께 큰 돌을 힘껏 밀어 떨어뜨렸다. 두산이도 함께했다. 아버지는 불화살을 쏘았다. 아버지의 활 쏘는 솜씨는 대단했다. 그때 웅이와 두산이는 불붙인 나무를 떨어뜨렸다. 적들은 성벽을 기어오르다가 떨어져 죽거나 다쳤다. 웅이가 아버지에게 자기들도 활을 쏘겠다고 했다. 아버지가 활과 화살을 내어주자 둘은 몽골군을 향해 화살을 날렸다. 화살은 정확히 몽골군을 맞췄다. 웅이 아버지는 둘의 화살 쏘는 솜씨를 보고 감탄했다.

웅이 아버지는 종일 계속되는 공격에 몽골군의 숫자가 너무 많아 활과 돌로 산성을 지키기에는 한계가 있다는 생각이 들었다. 웅이 아버지는 웅이가 얘기한 길들인 비둘기를 쓰기로 하고 둘에게 말했다.

"두 사람은 잘 들어라! 여기 산성에서 몽골군 가까이 가는 길로 땅굴이 뚫려있다. 두산이 몽골군 옷을 입고 땅굴을 통해 적진으로 들어가 그들의 작전 정보를 캐내는 거다. 그다음에 그 정보를 편지로 써서 웅이가 비둘기를 날려 보내면 그때 비둘기 편에 보내면 된다."

둘은 이미 비둘기를 이용해 봤지만 실전에서는 처음이라 겁이 났다. 하지만 심호흡을 하고 비둘기 작전에 들어갔다. 두산은 옷을 갈아입고 웅이 아버지의 안내로 땅굴을 따라 걸어갔다. 한참을 가니 풀숲에 덮인 입구가 나왔다. 입구는 몽골군 진지와 바로 붙어 있었다. 두산은 산성을 공격하느라고 정신없는 몽골군 안으로 쉽게 들어갔다. 그리고 마음을 굳게 먹고 몽골군처럼 자연스럽게 행동했다. 밤새 몽골군 진지를 돌아다니며 정보를 수집했다.

아침이 되니 아수라장이 된 모습이 드러났다. 성안에는 삼별초 군들이 다치거나 죽어 있었다. 성 아래에는 더 많은 몽골군이 죽거나 다친 채 신음하고 있었다. 피비린내 나는 광경이었다.

웅이는 두산이 정보 수집을 끝냈을 것으로 보고 몽골군이 있는 곳으로 비둘기를 날려 보냈다. 이미 두산이 냄새를 잘 아는 비둘기여서 안심하고 보냈다.

웅이가 막 비둘기를 날려 보낸 순간 웅이 쪽으로 화살 하나가 날아왔다. 피할 새도 없이 퍽 소리와 함께 웅이는 비명을 질렀다. 웅이 아버지는 깜짝 놀라 웅이에게 달려왔다. 다행히 화살은 웅이을 스치고 지나갔다.

"화살이 네 왼쪽 눈 위를 스치고 지나갔구나! 피가 흐르니 수건으로 세게 누르고 있어라."

웅이는 흐르는 피 때문에 쓰러져 눈을 감고 있었다. 눈 바

로 위여서 앞을 못 보게 될까 걱정이었다. 상처를 누르고 있
는데 아팠다. 아버지와 군의관이 약을 들고 달려왔다. 군졸
이 피를 멈추게 하는 약을 바르고 천으로 눈 주위를 꽉 싸
맸다. 아버지가 웅이를 업고 집으로 달려가 나무침대에 눕혔
다. 웅이는 끙끙 앓았다.

"상처로 봐서 눈은 괜찮겠나?"

군의관에게 묻는 웅이 아버지의 목소리는 떨리고 있었다.

"며칠 지나봐야 알겠습니다."

군의관의 말에 아버지와 웅이 마음은 쿵 내려앉았다. 아버지의 눈에선 눈물방울이 떨어지고 있었다. 그때 편지를 다리에 묶은 비둘기가 날아왔다. 아버지도 편지를 읽었다. 편지에는 몽골군의 작전계획이 적혀있었다. 두산이 적의 비밀을 알아낸 것이 대단하였다.

오늘 오후에 몽골군이 후퇴하는 것처럼 거짓으로 퇴각하다가 한밤중에 되돌아와 산성을 갑자기 공격하는 작전을 세웠다. 몽골군은 이때 세 방향으로 나눠서 동시에 공격하여 성을 점령하려는 작전이다.

웅이 아버지는 웅이를 대신하여 비둘기를 통해 두산에게 편지를 보냈다.

두산이는 이 편지를 받는 즉시 적의 진지에서 나오도록 해라. 나뭇가지로 덮어놓은 그 땅굴 입구를 통해 성으로 돌아와라. 입구로 올 때는 보는 눈이 없는지 잘 살펴야 한다.

웅이 아버지는 비둘기를 통해 두산에게 편지를 보내고 마음 졸이고 있었다. 웅이 역시도 아픈 몸으로 걱정하며 기다렸다. 한 시간쯤 지날 때였다. 두산이가 몽골군 옷을 입은 채로 헉헉거리며 나타났다. 웅이는 아픈 줄도 모르고 벌떡 일어나 두산을 껴안았다. 웅이 아버지도 두산을 안아줬다.

두산이는 죽을 고비를 넘겼다고 했다. 돌아오라는 비둘기에 달린 편지를 받고 몽골군 진지를 막 벗어나는데 한 몽골군이 어디 가느냐고 물었단다. 두산은 그를 한방에 때려눕히고 냅다 뛰었다고 한다. 두산이 땅굴 입구를 찾아 들어오면서 보니 몽골군이 뒤쫓아 오는 게 보였다. 두산은 입구를 잘 가려놓았고, 다행히도 적들은 입구를 발견하지 못하고 지나쳤다. 두산은 혹 입구를 들킬까 봐 온몸이 녹아내린 것 같았다고 했다.

얘기를 마친 두산은 그제야 웅이의 다친 눈을 보았다.

"웅이 너 눈이 왜 그래?"

"몽골군이 쏜 화살이 스쳤는데 다행히 앞을 못 보지는 않을 것 같아."

웅이는 아무렇지 않게 얘기했다.

웅이 아버지는 두산이 파악한 정보를 지휘부에 보고했다. 작전계획이 탄로 난 몽골군은 그것도 모른 채 그날 밤 작전대로 공격하다 삼별초군에 의해 엄청난 타격을 입고 물러갔다.

다음 날 아침, 삼별초군과 백성들은 모두 목이 터질 듯 외쳤다.

"몽골군이 물러갔다! 삼별초 군대가 승리했다!

성안은 축제 분위기였다. 웅이와 두산도 기쁘기 그지없었다.

"너희 둘과 비둘기가 도와서 몽골군을 물리쳤다."

웅이 아버지는 웅이와 두산이 덕분에 한계산성 전투에서 승리했다고 생각하며 둘이 믿음직스러웠다. 웅이와 두산은 애쓴 비둘기에게 먹이와 물을 주며 칭찬해주었다.

승리의 기쁜 날을 보내고 밤이 왔다. 웅이는 누웠지만 상처의 아픔 때문에 잘 수 없었다. 아버지는 웅이 손을 꼭 잡아주었다.

'얼마나 만지고 싶은 아버지 손이었는데…'

웅이는 새벽에 간신히 잠들었다. 눈뜨니 동이 트고 있었다. 어제보다는 덜 아팠다. 두산은 아직도 자고 있었다.

웅이 아버지는 웅이를 안쓰러운 눈으로 보며 말했다.

"웅아, 눈과 이마 상처를 치료하고 집으로 돌아가렴."

"아버지가 돌아오시길 아픈 어머니와 분이가 손꼽아 기다리고 있어요."

"삼별초군은 할 일이 많다. 쳐들어오는 적을 무찌르려면 어쩔 수 없구나! 언젠가 집에 돌아갈 수 있겠지."

아버지는 목소리가 떨렸다.

"저도 상처가 낫고 머지않아 어른이 되겠지요. 삼별초군이 되어 고려를 지키고 싶어요."

아버지는 널찍한 품으로 웅이를 꼭 안아주며 말했다.

"넌 집에 가서 우선 몸이 다 나아야 한다. 몸이 낫고 열심히 훈련하면 삼별초군이 될 수 있다. 내가 널 데리러 가마."

웅이는 마음이 따스해졌다.

사흘 후 지휘관이 웅이와 두산의 용기를 칭찬해주고 상금도 주었다. 둘은 감사 인사를 하고 다음 날 한계산성을 나왔다.

"너희들이 산길을 모르니 내가 산성 아래 올라올 때 모였던 곳까지 데려다주마. 거기 가에 마차를 불러 놓았으니 너희를 집에까지 데려다줄 것이다. 마차로 부지런히 가면 오늘 밤에는 도착할 수 있을 거야."

"아버지, 절뚝거리는 다리로 가파른 길을 어떻게 돌아오세요?"

웅이는 아버지의 불편한 다리가 걱정되었다.

"걱정 마라. 늘 다니던 길이라서 어렵지 않다."

웅이는 아버지와 함께 집으로 돌아간다면 좋겠다고 생각했다. 아버지는 절뚝거렸지만 씩씩하게 걸었다. 가파르고 울퉁불퉁한 길을 아버지를 따라 걸었다. 웅이는 붕대로 한쪽 눈을 감아서 앞을 보는데 좀 힘들었다.

"이곳이 옥녀탕이 있는 들머리다. 눈이 잘 안 보이니 내 손을 꼭 잡고 따라오너라. 두산이도 잘 따라와라."

아버지의 손은 따스했다. 기분 좋았다. 물이 흐른 계곡은 돌이 많아 걷기 참 위험했다. 다행히 길을 잘 아는 아버지를 따라가니 빠르게 내려올 수 있었다. 웅이는 한쪽 눈이 안 보여서 힘들었지만 아버지와 함께여서 힘이 났다. 드디어 마차 타는 곳에 도착하였다.

이제 웅이는 아버지와 작별할 시간이다. 아버지는 웅이를 꼭 안았다. 말하지 않았지만 아버지가 하려는 말이 웅이 가슴을 타고 전해졌다. 웅이는 터질 것만 같은 눈물을 꾹 참았다. 그래야 아버지가 자기를 믿고 안심할 것 같았다.

"어머니와 분이에게는 말을 잘하렴. 너는 내가 없으니 집안의 가장이잖니? 웅이 너를 믿는다."

"아버지, 몸조심하세요."

아버지는 의젓하게 말하는 웅이를 바라보았다. 웅이 아버지는 두산이도 안아주었다. 둘이 마차에 오르자 마차는 곧바로 출발했다. 웅이 눈에서 참았던 눈물이 쏟아졌다. 아버지는 그 자리에 서서 손을 흔들었다. 가슴이 찢어지는 것 같았다.

"아버지, 건강하세요. 다시 만나요!"

웅이의 외침은 파란 하늘로 아스라이 멀어져갔다.

드디어 삼별초군이 되다

웅이와 두산은 마침내 고향으로 돌아왔다. 무사히 돌아온 웅이와 두산을 보고 웅이 어머니는 물론 두산의 부모도 참 기뻐하였다.

웅이는 어머니 건강이 더 나빠진 것 같아 걱정되었다. 어머니는 아버지와 함께 나라를 지키지 않고 왜 돌아왔느냐고 하면서도 기쁜 표정이었다. 웅이는 어머니께 아버지가 건강하다면서 어머니 비녀도 아버지께 전달했다고 알렸다. 그 말에 어머니 눈에서 눈물이 주르르 흘렀다. 어머니 자신의 몸이 좋지 않으니 앞으로 아버지를 만날 수 없을 것으로 생각한 모양이었다. 웅이는 어머니가 걱정할까 봐 아버지 다리 다친 이야기는 하지 않았다가 나중에야 사실대로 이야기했다.

웅이 어머니는 웅이의 다친 눈을 보고 놀라며 걱정했다. 웅이의 눈 치료에 어머니가 정성을 다하며 상처는 금세 나았

다. 하지만 웅이는 왼쪽 눈이 잘 보이지 않았다. 눈 위의 상처
자국은 아픔으로 남았다.

집에는 분이가 보이지 않았다. 웅이가 분이를 찾아도 어머니는 며칠 있다가 돌아온다고만 했다. 며칠이 지나도 돌아오지 않아 웅이가 다시 묻자 그때야 어머니는 분이가 몽골군에게 잡혀갔다고 했다. 웅이가 걱정할까 봐 얘기하지 않았다고 했다.

어머니는 잡혀간 분이가 집에서 백여 리 떨어진 곳에 주둔하는 몽골군 진지에 있다는 소식을 접했으나 구할 방법이 없다고 했다. 웅이와 두산보다 진즉 집에 돌아온 석구가 곡식과 재산을 팔아 큰돈을 마련하고 그 돈으로 분이를 구하겠다고 갔으나 그 뒤로 아무런 소식이 없다고 했다. 웅이는 자신부터 분이가 무사할지 걱정이 앞섰지만, 분이를 꼭 찾겠다고 어머니를 안심시켰다. 비록 배신자인 석구이지만 동생 분이를 구했으면 하는 마음도 들었다.

웅이는 우선 삼별초가 되는 게 분이를 찾는 데 도움이 될 것 같았다. 웅이와 두산은 바쁜 농사철이라 집안일과 농사일을 도우며 틈틈이 칼싸움과 돌팔매질 훈련을 했다.

가을걷이가 끝나고 어느덧 겨울이 되었다. 한가해진 웅이는 예전에 남산에 놀러 갔다가 만났던 삼별초군이 떠올랐다. 그들은 삼별초군이 되려면 칼싸움과 돌팔매 훈련을 하고 실력이 붙으면 다시 오라고 했다. 웅이는 두산에게 남산에 가면 삼별초 훈련장이 있다고 그곳으로 가자고 했다. 웅이 어머니와 두산의 부모는 둘을 눈물로 떠나보내면서도 삼별초군이 되려는 두 사람이 믿음직스러웠다.

웅이는 두산을 데리고 기억을 더듬어 남산 훈련장이었던 곳으로 갔다. 비둘기도 함께였다. 둘이 나타나자 훈련 중이던 사람들이 웅이와 두산을 둘러쌌다. 웅이는 삼별초군이 되기 위해 왔다며 어렸을 때 이곳에서 만난 삼별초군이 칼싸움과 돌팔매 훈련을 한 다음에 오라고 했다는 말을 전했다.

웅이의 말을 들은 삼별초군들은 둘을 간부인 듯한 사람에게로 데려가 웅이가 한 말을 보고했다. 간부는 웅이와 두산을 찬찬히 훑어보더니 물었다.

"삼별초군이 되려면 뛰어난 기량이 필요한데 시험을 통과할 수 있겠느냐?"

"그동안 칼싸움과 돌팔매질 등을 계속해서 훈련했습니다. 제 어깨의 비둘기도 길들여 전투에 활용할 수 있습니다."

웅이가 자신 있게 대답했다.

"그래. 그러면 오늘은 푹 쉬고 내일 통과시험을 보겠다."

삼별초군 한 명이 둘을 훈련장에서 더 깊은 산속으로 데려갔다. 도착한 곳은 삼별초군 진지였다. 삼별초군 진지는 강화도 외에 이곳과 다른 곳에도 있다고 하였다.

진지 내 한 방으로 웅이와 두산을 안내한 삼별초군은 그 방에서 자라면서 내일 아침에 데리러 오겠다며 물러갔다. 웅이와 두산은 내일 통과시험이 자신 있었으나 한편으론 걱정하며 그날 밤을 보냈다.

다음 날 웅이와 두산은 훈련장으로 갔다. 어제 그 간부를 비롯한 그곳 진지의 대장까지 나와 있었다. 칼싸움, 활쏘기, 돌팔매질, 말타기 등 네 가지 통과시험이 차례대로 치러졌다. 그곳 진지에서는 비둘기 훈련은 하지 않는다고 했다.

웅이와 두산의 시험을 참관하던 대장을 비롯한 삼별초군들은 둘의 솜씨에 놀라워했다. 둘은 모든 시험을 통과하였다. 진지 대장은 둘의 솜씨를 칭찬하며 삼별초군 복장과 무기 등을 지급했다. 새로운 동료의 탄생에 주변 삼별초군들이 환호성을 지르며 축하해 주었다. 삼별초군이 된 웅이와 두산에게는 새로운 숙소가 배정되었다. 진지 대장은 오늘은 시험 보느라 힘들 테니 숙소에 가서 쉬고 다음 날 자기 숙소에서 보자고 했다.

다음 날 웅이와 두산은 같은 숙소의 동료를 따라 대장 숙소로 갔다. 대장이 기다렸다는 듯이 반갑게 맞이했다.

"잘 쉬었느냐? 내가 궁금한 게 있어 불렀다. 어제 시험에서 너희 솜씨를 보고 깜짝 놀랐다. 어디에서 그런 뛰어난 기술을 배웠느냐?"

웅이는 대장을 바라보며 사실대로 말했다.

"저희 둘은 마을 친구로 천민의 자식입니다. 몇 년 전에 몽골군이 쳐들어와 우리가 모시던 별장님 부부가 돌아가셨어요. 제 아버지는 몽골군과 싸우다 잡혀 그들에게 끌려갔습니다. 아버지와 같이 끌려간 마을 사람이 돌아와 아버지와 같이 탈출했는데 아버지는 삼별초가 되겠다고 강화도로 갔다고 알려주었습니다. 저는 어머니의 허락을 받고 여기 두산이와 별장 아들이었던 석구와 셋이 강화도로 아버지를 찾으러 떠났습니다. 강화도로 가는 중에 눈길에 길을 잃고 산적 소굴로 들어가는 바람에 그들에게 잡혔습니다. 그들은 겨울에는 얼어 죽는다며 자기 소굴에 있다가 봄이 되면 가라며 우리에게 칼싸움, 돌팔매질 등의 훈련을 시켰습니다. 빨리 아버지를 찾으러 가야 하는 저는 봄까지 기다릴 수가 없어 탈출하려다 한 친구가 변심해서 붙잡혔어요. 저는 두목에게 제 사정을 얘기했고 그걸 들은 두목은 자신도 삼별초 출신이라면서 아버지에게 가라고 했어요. 그래서 고생 끝에 강화도에 가 아버지를 수소문하니 인제 한계산성에 가 있었습니다. 저희는 다시 한계산성으로 가 아버지를 만나고 몽골군과의 싸움에도 참여했어요. 그때 제가 몽골군의 화살에 눈을 다쳐 집으로 돌아와 쉬고 있다가 삼별초가 되기로 하고 이곳에 왔습니다."

"산적들에게 훈련을 받았다고? 그 산적 소굴로 나를 안내할 수 있지?"

둘은 놀랐다. 대장 마음을 알 수 없었다. 산적 소굴로 쳐들어가 그들을 잡아들이려 한다고 생각되었다.

"그 산적들은 관가나 나쁜 관리의 재산을 뺏어와 가난한 백성을 도와주는 일을 하고 있습니다. 그들을 잡아들이지 않겠다고 약속해주시면 그 소굴로 안내하겠습니다."

웅이는 똑똑한 목소리로 얘기했다.

"약속하마. 그곳에는 나와 부대장만 갈 테니 안심해도 된다. 너희는 함께 가서 우리는 입구에서 기다릴 테니 소굴로 가 두목에게 내가 만나러 왔다고 전하기만 하면 된다."

다음 날 일찍 웅이와 두산은 대장, 부대장과 함께 산적 소굴로 향했다. 대장은 혼자 말을 타고 둘은 부대장 말에 탔다. 몇 시간을 달려 산적 소굴 근처에 도착했다. 대장과 부대장은 입구에서 기다리고 웅이와 두산은 소굴 가까이 가 보초병들에게 신호를 보냈다. 보초병이 둘을 알아보고 맞이했다.

웅이가 삼별초 대장의 말을 두목에게 전하러 왔다고 하자
두목에게 안내되었다.

웅이와 두산은 두목에게 정중히 인사했다.

"너희들이 어쩐 일이야? 아버지는 찾았느냐?"

"먼저 용건부터 얘기할게요. 저희 둘은 삼별초가 되었어요.
저희가 이곳에서 훈련받았다고 하니 삼별초 대장님이 두목
님을 뵙고자 함께 와서 기다리세요."

"삼별초 대장이 나를 만나러 왔다고? 나도 삼별초 출신인데 못 만날 이유가 없지. 가서 모시고 와라!"

두목이 허락하여 삼별초 대장이 산적 두목과 만났다.

삼별초 대장은 두목을 본 순간 깜짝 놀랐다. 그는 오래전 삼별초에서 함께 지냈던 동료였다. 몽골군과의 전투에서 팔을 다쳐 어쩔 수 없이 삼별초에서 나갔다. 그동안 서로 얼굴이 크게 변했지만 바로 알아볼 수 있었다. 이름과 소속을 확인하였다. 틀림없는 동료였다. 둘은 서로 껴안고 눈물을 흘렸다. 너무 반가워 말을 하지 못했다. 두 사람은 동료였지만 현재는 함부로 말하기가 쉽지 않았다.

"나는 충주 남산의 삼별초 진지 대장입니다. 두목께서는 가난한 백성을 돕는 좋은 일을 한다고 들었습니다."

"팔을 다쳐 삼별초군에서 나온 이후 몽골군과 싸우지는 못하지만 불쌍한 백성을 돕고자 이 소굴을 만들었습니다. 저를 만나러 오신 이유가 궁금합니다."

두목 말에 삼별초 대장이 머뭇거리다 말을 꺼냈다.

"삼별초는 몽골군과 싸움을 하고 있습니다. 몽골군은 우리 백성들을 죽이고 잡아가는 것도 모자라 재산과 곡식마저 빼앗고 있습니다. 현재 삼별초군만으로는 몽골군과 싸워 이기기가 쉽지 않습니다. 두목님도 대원들도 삼별초 출신이니 우리와 힘을 합쳐 몽골군과 싸우면 얼마나 좋겠습니까? 대장을 같이 맡아서 몽골군에 맞서 싸웁시다."

"대장님의 뜻을 알겠습니다. 대원들의 의견도 들어야 하니 사흘 후 답변 드리겠습니다."

"제 마음을 알아주시니 감사합니다."

삼별초 대장이 돌아가고 두목은 부두목들을 불러 모아 회의를 했다. 회의 끝에 두목이 자기 생각을 말했다.

"우리가 비록 산적으로 불리지만 그동안 우리는 불쌍한 백성들을 돕는 데 앞장서왔다. 백성을 위해 좋은 일을 한다지만 현재 활동으로는 한계가 있다. 앞으로 우리 진지를 삼별초 진지와 합쳐서 몽골군과 싸우며 백성을 위해 더 큰 일을 하려고 한다. 반대 의견이 있다면 말해도 좋다."

두목의 선언에 아무런 반응도 없이 조용하였다. 부두목 중 한 명이 말했다.

"처음엔 있을 수 없는 일이라고 생각했습니다. 회의를 하면서 깊이 생각해 봤습니다. 현재 우리가 불쌍한 백성을 돕는 것보다 몽골군을 물리쳐야만 모든 백성이 편히 살 수 있습니다. 두목님 의견에 찬성합니다."

그의 말에 다른 부두목들도 모두 찬성한다고 했다. 두목 얼굴이 환해졌다.

"내 생각에 따라주어 고맙다. 우리의 뜻이 하나로 모인 만큼 오늘 바로 삼별초 진지로 찾아가야겠다. 한 식경 후 출발이니 부두목들은 준비하여 말을 타고 훈련장에 모인다."

두목의 지시에 따라 곧바로 준비하여 출발하였다. 두목과 부두목 외 나머지 대원들은 소굴을 지키며 그대로 남았다. 두목 일행은 남산을 향해 바삐 말을 몰았다. 두목이 부두목들과 간다고 전령을 먼저 보냈는데 소식을 듣고 삼별초 대장이 진지 앞까지 나와 환영하였다.

"두목님, 어서 오십시오. 진지 안으로 들어갑시다."

대장은 말에서 내린 두목과 부두목들을 진지 회의실로 안내했다.

"우리 진지와 대원들을 삼별초군으로 받아주셨으면 합니다. 상당한 무기와 식량, 재화를 비축하여 도움이 될 것입니다. 우리 대원들이 살 집과 물자들을 옮겨 넣어둘 곳은 있는지 궁금합니다."

두목의 말에 대장은 악수를 청했다.

"앞으로 이곳 삼별초의 대장은 두 사람입니다. 모든 결정사항은 상의하여 명령을 내리도록 합시다. 진지엔 집을 넉넉하게 지어놓아 수가 많아도 충분히 머물며 훈련할 수 있습니다. 내일부터 물자와 사람도 옮기도록 합시다."

다음 날부터 삼별초가 된 산적들은 사흘 동안 모든 짐과 물자들을 싣고 이사 왔다. 이사가 끝나자 삼별초 진지에서 환영하는 잔치가 열렸다. 산적은 더 이상 없었고 모두가 삼별초군이었다. 웅이와 두산도 잔치를 즐기며 자신들 덕분에 모두가 삼별초가 된다고 하니 기분이 좋았다.

병력과 물자가 넉넉해진 삼별초군은 더 체계적으로 훈련하며 몽골군과 싸울 준비를 했다. 웅이와 두산도 훈련에 열심히 참여했다.

분이 구출 작전

한 달이 지나고 웅이는 분이를 구하는 일을 더는 미룰 수 없다고 생각했다. 웅이는 대장 면담을 신청하여 대장을 만나러 대장실로 갔다.

웅이가 들어서며 인사하자 대장이 말했다.

"어쩐 일로 보자고 했느냐?"

"대장님! 소원이 있습니다."

"중요한 일인 것 같구나."

"고향에 계신 어머니가 건강도 좋지 않으신데 몽골군에게 잡혀간 여동생 때문에 걱정이 이만저만이 아닙니다. 여동생은 여기서 100여 리 떨어진 몽골군 진지에 있다고 합니다. 어머니에게 제가 여동생을 구해오겠다고 약속했는데 저와 두산이 힘만으로는 방법이 없습니다. 병력을 지원해 주신다면 몽골군에 침투해서 동생 분이를 구하고 싶습니다."

"그런 일이 있었구나. 너와 두산이 덕분에 삼별초군이 막강해졌는데 함께 동생을 구해야지. 다만 몽골군에 잡히거나 목숨을 잃을 수도 있으니 기동대 군졸들과 작전을 잘 짜서 사흘 후에 네 여동생을 구해오도록 하자."

대장 지시로 웅이와 두산은 기동대 군졸과 사흘 동안 치밀한 작전을 짰다. 기동대는 삼별초군 중에서 기마병으로 구성되어 신속하게 작전을 구사하는 소수 정예 부대였다. 작전은 기동대가 공격하는 척 몽골군을 유인하면 웅이와 두산이 그 틈을 타 몽골군 진지로 들어가 분이를 구하는 방법이었다. 기동대는 그 후에 안전한 곳으로 물러나 웅이와 두산이를 기다리기로 했다. 둘은 몽골군과 싸워 보았지만 기습 작전은 처음이어서 두려운 생각도 들었다. 둘은 서로 격려하며 마음을 다잡고 분이를 꼭 구출하겠다고 다짐했다.

드디어 분이를 구하러 가는 날이 되었다. 침투 시간은 밤 12로 정해졌다. 그날 오전부터 말과 무기 등을 준비했다. 웅이와 두산은 가죽옷을 여러 겹 껴입고 화살과 화살통을 메었다. 돌팔매질 돌도 챙기고 손에는 칼을 들었다. 비둘기는 이번 작전에는 필요 없어 진지에 두고 갔다. 모든 준비가 끝나자 이른 저녁을 먹고 기동대와 출발했다. 몽골군 진지 근처에 미리 도착해 그들의 동태를 파악하며 기다렸다.

12시가 되어 기동대장의 명령에 따라 기동대가 불화살을 쏘며 말을 타고 몽골군을 향해 달렸다. 웅이와 두산은 틈을 노리고 몽골군 진지 가까이 숨어 있었다. 몽골군 진지로 불화살이 날아오고 말을 탄 기동대가 다가오자 몽골군 대장이 급하게 명령을 내렸다.

"적의 공격이다. 싸울 준비를 갖춰라."

여기저기서 외쳤지만 자다 일어난 몽골군은 우왕좌왕하였다. 자지 않고 그때까지 술잔치를 하고 있던 지휘관들은 술에 취해 상황 파악도 못 하고 있었다. 혼란한 틈을 타 웅이와 두산은 몸을 낮춰 적진으로 침투했다. 앞에 보초병 두 명이 날아오는 불화살을 보며 허둥대고 있었다. 웅이와 두산의 돌팔매질에 보초병 둘이 이마를 맞고 쓰러졌다. 둘이 보초병에게 다가가 칼을 목에 대자 몽골군은 벌벌 떨었다.

"분이라는 고려 처자가 잡혀 와 있지?"

"식당에서 밥하는 아이예요. 식당 부엌에서 뒤처리하고 있을 거예요."

분이는 그 시간까지 지휘관들의 술잔치 탓에 자지도 못하고 식당 부엌에 있었다. 둘은 보초병의 입을 틀어막고 그들의 옷을 벗겨서 입고 어둠 속 나무에 묶어두었다. 둘은 부엌 쪽으로 갔다. 밖이 소란한 것도 모른 채 분이가 다른 몇 사람과 바쁘게 그릇을 씻고 있었다. 웅이는 반가워 눈시울이 뜨거워졌다.

"분아, 조장님이 널 찾으신다."

웅이가 분이를 부르자 식당 밖으로 나왔다.

"쉿! 분아, 오빠다!"

깜짝 놀란 분이가 소리칠 뻔했다. 웅이는 분이 손을 잡고 뛰었다. 두산도 사방을 경계하며 진지 밖을 향해 달렸다.

그때 갑자기 주변이 환히 밝아지며 몽골군이 그들을 에워쌌다.

웅이와 석구가 고개를 들어 몽골군을 보니 놀랍게도 맨 앞에 몽골군 장수복을 입은 석구가 서 있었다. 석구도 산적 소굴에서 죽은 줄 알았던 웅이와 두산이 살아있는 걸 보고 엄청 놀랐다. 웅이와 두산은 비열한 석구가 몽골군 장수가 된 걸 보고 화가 나서 눈에 불이 붙는 것 같았다.

"삼총사가 외나무다리에서 만났구나!"

석구는 둘이 가소롭다는 듯 비웃으며 말했다.

"나라와 친구까지 배신하고 몽골군 장수가 되었구나! 분이를 구한다고 큰돈을 들고 갔다더니 그 돈을 네 부모를 죽인 몽골군에게 바치고 얻은 장수구나. 천벌을 받을 나쁜 자식!"

웅이가 절규하듯 외치자 얼굴이 벌겋게 달아오른 석구가 몽골군에게 명령했다.

"너희들이 죽지 않고 살아있다니…, 분이는 다칠 수 있으니 뒤로 물러나거라. 당장 이놈들을 체포하라! 죽여도 좋다."

몽골군들이 칼을 들고 덤벼들었다. 웅이와 두산은 많은 몽골군들의 공격을 막아냈다. 둘의 날렵한 솜씨에 몽골군들이 계속 쓰러져 나가자 남은 몽골군의 공격이 느슨해졌다. 둘과 부하들이 싸우는 동안 서서히 뒤로 물러난 석구가 화살을 들어 웅이를 쏘았다. 웅이가 날아오는 화살을 칼로 내려치니 두 토막이 났다. 화살이 무위에 그치자 석구는 칼을 들고 웅이에게 달려들었다. 두산은 공격해 오는 다른 몽골군들을 막았다.

"분이는 여기서 내가 지켜서 살아남았다. 이제 내 사람이 될 터이니 절대로 데려갈 수 없다."

"삼총사를 배신하고 나라를 팔아먹은 인간에게 내 동생을 맡길 수 없다. 내 칼을 받아라."

석구도 만만한 칼솜씨가 아니었다. 수년간 갈고닦은 솜씨였다. 웅이는 피가 하늘로 솟구치는 것 같았다. 석구를 용서할 수 없었다. 웅이와 석구의 칼 부딪히는 날카로운 소리가 밤 하늘을 울렸다. 웅이는 눈을 감고 칼을 힘껏 휘둘렀다. 쾅! 쓰러지는 소리가 났다. 눈떠보니 석구가 쓰러져있었다. 석구가 쓰러지니 다른 몽골군들이 도망치기 바빴다.

둘은 가까운 나무 뒤로 피해 떨고 있던 분이 손을 잡고 달렸다. 분이는 석구가 안타까워 눈물을 흘렸다. 웅이는 달리면서 석구가 죽도록 밉지만 죽지는 않았으면 하는 마음이었다. 셋은 뒤돌아볼 틈도 없이 뛰었다.

"분아, 힘내. 조금만 가면 삼별초 기동대가 기다리고 있어."

그때였다.

"꼼짝 마! 움직이면 죽는다. 엎드려!"

양옆에서 갑자기 나타난 몽골군들이 셋의 앞을 막으며 몇 겹으로 둘러쌌다. 웅이와 두산은 그 상황에서도 기죽지 않았다. 웅이가 당당하게 말했다.

"네놈들 앞에 엎드릴 수 없다. 끝까지 싸울 테니 덤벼 보아라!"

웅이와 두산은 분이를 가운데 두고 칼을 높이 들었다. 둘의 기세에 몽골군은 쉽사리 공격하지 않았다. 몽골군 장수의 명령이 떨어졌다.

"저놈들을 잡지 않고 이 자리에서 죽여도 좋다. 공격하라!"

몽골군이 서서히 포위망을 좁혀 왔다. 웅이와 두산의 칼을 쥔 손에 힘이 들어갔다. 분이는 떨고 있었다. 웅이를 향해 먼저 칼을 날린 몽골군이 웅이의 칼에 나가떨어졌다. 동시에 몽골군의 칼날이 웅이와 두산을 향해 계속 날아들었다. 둘은 그들의 칼을 막아내고 있었지만 점점 지쳐갔다.

그때 멀리서 말발굽 소리와 함께 기동대가 말을 타고 나타났다.

"웅이와 두산이 저기 있다. 몽골군을 남김없이 처치하고 구해야 한다."

기동대장의 외침과 함께 기동대가 물밀 듯이 다가오자 겁을 먹은 몽골군은 셋을 버려두고 도망가기 바빴다.

"저들을 쫓을 필요 없다. 분이를 구했으니 작전 성공이다. 셋을 말에 태우고 진지로 돌아간다."

셋은 세 명의 기동대원 말에 각자 탔다. 웅이는 분이를 구했다는 생각에 가슴이 먹먹해졌다. 분이도 지긋지긋한 몽골군에서 벗어나 집으로 간다고 생각하니 기쁨에 겨워 눈물이 나왔다. 진지로 돌아가는 길, 어느덧 동쪽 하늘이 밝아오고 있었다.

삼별초 진지로 돌아왔다. 기동대원 중 몇이 다쳤지만 사망자는 없었다. 단 한 명의 병력 손실도 없이 작전에 성공하니 진지는 축제 분위기였다.

웅이와 두산은 분이를 데리고 대장 앞에 꿇어앉았다.

"대장님! 여동생을 구해왔습니다."

"수고했다. 완벽한 작전 성공이다. 삼별초의 용감함에 적들

사기가 꺾였을 테니 분이를 구한 이상의 승리를 거두었다."

"내일 아침 두산이와 함께 여동생을 집에 데려다주고 오겠습니다."

"내가 선물도 줄 테니 아침 일찍 출발해서 전해드리고 내일 저녁까지 돌아오기 바란다."

다음 날 웅이는 말에 분이를 태웠다. 두산이도 말을 탔다. 대장이 준 옷감과 양식 선물도 말에 실었다. 빨리 집에 가고 싶은 마음에 힘차게 말을 몰았다.

"어머니, 오빠들과 분이가 왔어요."

집에 들어서자마자 이제 아가씨가 된 분이의 소리치는 말에 모두 달려 나왔다. 어머니와 분이는 끌어안고 통곡하였다. 두산이도 부모님과 안고 눈물지었다. 모두 반가워서 눈물지으며 방으로 들어갔다.

웅이는 어머니께 큰절을 올리고 대장이 준 선물을 전했다.

"네가 삼별초군이 되어 동생을 구하니 장하구나. 오랜만에 너를 보니 아버지 생각이 더 난다."

"아버지는 건강히 잘 계신다고 들었어요. 싸움이 끝나면 돌아오실 테니 걱정 마세요."

웅이는 아버지 소식을 모르면서도 어머니 마음을 위로해드렸다.

"석구는 몽골군이 되어 있었어요. 분이를 구해올 때 저와 크게 칼싸움을 했어요. 쓰러졌는데 죽지 않았는지 걱정돼요. 나쁜 짓을 한 건 밉지만 죽지는 않았으면 좋겠어요."

"석구가 몽골군이 되었다니 놀랍구나. 사람의 생사는 알 수 없는 일이니 너무 염려하지 말거라!"

"네, 어머니. 두산이와 저는 이제 삼별초 진지로 돌아가야 해요. 어머니가 몸도 안 좋으시고 집안일과 농사일을 하느라고 고생 많지만 우리 식구가 모여 살려면 빨리 몽골군을 물리쳐야 해요."

"이 모두가 몽골군이 쳐들어온 것 때문이지. 몽골군을 몰아낼 때까지 네 몸을 잘 지켜야 한다. 특히 너는 한쪽 눈이 잘 안 보이니 더욱 조심하고."

웅이는 어머니의 당부 말을 듣고 분이에게도 어머니 잘 보살피라고 하며 밖으로 나왔다. 두산이도 부모, 형과 짧은 시간을 보내고 떠나기 위해 나왔다. 둘은 말에 올랐다. 식구들은 눈물 훔치며 손을 흔들었다. 둘은 말을 타고 달려 저녁이 되기 전에 삼별초 진지로 되돌아왔다.

훈련대장 돌쇠

 분이가 집에 오고 몇 달이 금세 흘러갔다. 웅이 어머니는 그나마 분이가 옆에서 돌봐주어 건강이 더 나빠지지는 않았다. 하지만 불편한 몸으로 농사일과 집안일을 계속하기가 버겁기만 했다. 힘들 때면 웅이와 남편이 더 그리워지곤 하였다. 그날도 밤에 자는 분이 곁에 누워 웅이와 남편을 생각하고 있을 때였다.

 "분아, 분아! 아버지다."

 깜짝 놀라 방문을 여니 남편이 서 있었다. 웅이 어머니는 너무 놀라 남편의 얼굴과 온몸을 뚫어질 듯 바라보았다.

 "여보, 갑자기 당신이…?"

 웅이 어머니는 놀라고 기쁜 나머지 말을 잇지 못하고 울었다. 잠자던 분이도 일어나 엉엉 울었다. 웅이 아버지도 눈물을 참지 못하고 한참을 울더니 물었다.

"웅이는 어디 있소?"

"얼마나 고생이 심했어요? 얼굴이 상해서 마음이 아프네요. 웅이와 두산이는 작년에 삼별초군이 되어 진지에서 지내고 있어요. 얼마 전 몽골군에게 잡혀간 분이를 구해서 집에 데려다 놓고 돌아갔어요."

어머니는 말을 하다 말고 목이 메었다.

"삼별초 진지에 있으면 웅이는 걱정 안 해도 될 거요."

"다리를 다쳤다고 들었어요."

"다리를 절지만 크게 불편하지는 않소. 지금껏 고생이 많았구려. 날 못 보고 죽을까 봐 웅이 편에 비녀를 보낸 걸 잘 알고 있소. 나 죽지 않으니 이 비녀 임자가 잘 간직하구려."

웅이 어머니는 남편이 내민 비녀를 받았다.

분이는 아버지가 갑자기 집에 온 것이 건강이 안 좋아져서 그런가 생각되어 걱정되었다. 어머니도 이유가 궁금한 모양이지만 묻지 않았다. 분이 눈에는 아버지가 힘들어 보였다. 얼굴은 까매지고 주름이 늘었다.

아버지는 웅이를 보낼 때 인제 한계산성에 있었지만 그 뒤 강화도로 와서 쭉 있다가 그 강화도에서 오는 길이라고 했다. 아버지는 강화도에서 배운 훈련을 다른 지역 삼별초군에도 가르치면 좋을 것 같아 자기는 충주 부근 삼별초 진지로 가겠다고 하여 집에 먼저 들렀다고 했다. 아버지는 그 진지에 웅이와 두산이 삼별초군이 되어 있다고 하니 더욱 잘됐다면서 하룻밤만 집에서 자고 바로 진지로 가겠다고 했다. 하룻밤 만에 이별이라니 분이와 웅이 어머니는 안타까웠지만 말릴 수 없었다.

다음 날 아침을 먹고 웅이 아버지는 삼별초 진지로 향했다. 웅이 어머니와 분이는 눈물을 참으며 작별했다.

"여보, 웅이도 보살펴 주고 건강하게 돌아오세요."

"아버지, 웅이 오빠랑 잘 있다가 돌아오세요."

웅이는 아버지가 온다니 너무 좋았다. 두산이도 덩달아 좋아했다. 한편으로 웅이는 아버지가 갑자기 오는 게 무슨 일이 있는 건 아닌지 걱정되기도 했다. 웅이 아버지는 진지 도착 후 대장부터 만났다. 대장도 웅이 아버지이고 강화도 삼별초라니 기꺼이 만나 주었다. 웅이 아버지가 감사 인사를 먼저 했다.

"웅이와 두산이를 삼별초로 받아주셔서 감사합니다."

"웅이, 두산이 둘 다 기량이 워낙 뛰어나서 우리 삼별초에도 큰 도움이 되니 제가 오히려 웅이 아버지께 감사를 드립니다. 강화도에서 활동한다고 들었는데 여기는 어떻게 오셨는지요?"

"먼저 현재 고려 정세부터 얘기하겠습니다."

"저도 지금 정세가 매우 궁금합니다. 들려주시지요."

"얼마 전에 고려 태자 전(후에 원종)이 몽골과 화친함으로써 몽골과의 전쟁은 사실상 끝났어요. 몽골에서는 고려 원종을 압박하여 강화도에서 철수해 개경으로 되돌아가라고 계속해서 요구하고 있어요. 지금껏 고려정부는 나라를 지키고 몽골과 싸우는 데 삼별초를 이용하였어요. 그런데 몽골과 손을 잡고 몽골의 요구로 개경으로 돌아간다는 건 몽골에 투항하고 우리 삼별초를 없애겠다는 것과 다름없어요. 강화도의 삼별초는 개경 환도에 따르지 않고 그에 대항하여 싸우려 하고 있어요. 이런 사실을 안다면 강화도뿐 아니라 나라 곳곳의 모든 삼별초들이 계속 힘을 길러 나가며 끝까지 싸우리라 생각합니다."

"그런 커다란 변화가 있었군요."

"삼별초는 더욱 힘을 키워가려고 노력하고 있어요."

웅이 아버지는 단호하게 여기에 온 이유를 얘기했다.

"저는 나라를 위해 목숨을 바칠 각오가 되어 있습니다. 비록 다리를 다쳐 절지만 강화도에서의 훈련 경험과 몽골항쟁

경험을 살려 여기 진지에 도움이 되고 싶습니다. 웅이와 두산이는 물론 여기 삼별초군들의 전투 기량을 키우는 데 힘껏 노력하겠습니다. 대장님께서 저를 받아주시기를 부탁드립니다."

두 명의 삼별초 대장은 흔쾌히 웅이 아버지를 진지의 훈련 대장으로 받아주었다. 숙소는 웅이와 두산이와 하께 쓰도록 하였다. 웅이 아버지는 훈련대장 책임을 다하겠다고 약속하고 대장실에서 나왔다.

웅이는 아버지가 훈련대장이 되고 함께 살게 되니 아주 좋았다. 숙소마저 아버지와 함께 쓴다니 더 신이 났다. 두산 역시도 좋기는 마찬가지였다. 그날 밤 아버지와 함께 자리에 누웠다.

"난 고향에서 가족과 함께 살까도 생각해보았다. 그러나 나라가 몽골에 예속되어 가고 있는데 나 혼자 편히 산다는 것은 있을 수 없는 일이라고 생각했다. 그래서 이곳에 와서 강화도에서 배운 걸 훈련시켜 더 강한 삼별초군을 만들려고 결정을 내린 거다."

"전 얼마나 행복한지 몰라요. 꿈인 것 같아서 얼굴을 꼬집어봤어요."

웅이가 어리광을 부리듯 말했다.

"내일부터 훈련 시작인데 웅이와 두산이도 잘 배워야 한다."

다음 날부터 돌쇠 훈련대장은 삼별초군들의 훈련을 시작했다. 삼별초군들은 새로운 방식의 훈련을 받으며 사기가 올라갔다. 더더욱 훈련대장이 쏟는 노력과 정성이 느껴지면서 마음을 열고 훈련에 매진했다.

훈련이 거듭되고 날이 바뀌고 해가 바뀌면서 삼별초 군졸들의 기량은 눈에 띄게 달라졌다. 웅이가 삼별초 진지에서 아버지와 함께 산 지도 어느덧 몇 년이 흘렀다. 웅이와 두산은 어엿한 성인이 되었다. 둘은 다른 군졸들이 하지 않는 비둘기를 돌보며 길들이기 훈련을 계속했다. 한계산성 전투에서 비둘기 덕을 톡톡히 본 훈련대장 돌쇠도 잘 훈련하라며 기특하게 생각하였다.

 진지에서도 세월은 물 흐르듯 흘러 또 몇 년이 지났다.
 강화도의 분위기가 심상치 않다는 소문이 들려왔다, 웅이 아버지는 대장의 허락을 받아 삼별초군 몇 사람과 말을 타고 강화도로 떠났다. 강화도 상황에 맞춰 진지도 행동할 필요성이 있었다. 웅이 아버지와 일행은 강화도행 배를 타는 곳에 도착했다. 말을 민가에 맡겨놓고 배를 타고 강화도로 향했다. 강화도는 전과 다르게 경계가 삼엄하고 어수선하였다.
 알고 보니 무신정권이 무너지자 원종은 고려정부가 개경으로 돌아간다고 선포하고 환도를 준비하고 있었다. 삼별초에 대해서는 해체하라고 명령했다. 삼별초는 몽골과 손잡은 고려 왕명을 따르지 않겠다면서 고려의 새 정부 수립을 선언했다. 웅이 아버지는 이런 강화도 상황을 파악하고 다시 진지로 되돌아갔다. 고려정부의 환도와 삼별초 해체, 삼별초의 왕명 거부와 새 정부 수립 등 급박한 상황을 진지에 한시라도 빨리 알려야 했기 때문이다.

급히 말을 몰아 진지에 도착한 훈련대장 돌쇠는 곧바로 대장께 보고했다.

"고려정부는 몽골의 뜻에 따르는 개경정부가 되었습니다. 삼별초는 해산하라는 왕명을 거부하고 백성들과 삼별초를 다시 만들고 있습니다. 삼별초는 황제를 추대하고, 새로운 고려정부를 세웠습니다. 백성들은 삼별초가 세운 정부에 적극 협조하고 있습니다."

"삼별초 정부가 생겼으니 삼별초군이 한 사람이라도 더 필요하겠군요."

"우리는 고려와 몽골군이 힘을 합친 여몽연합군과 싸워 나라를 지켜야 합니다. 우리가 여태 훈련하며 기다린 것도 이때를 위해서입니다. 우리 진지도 강화도로 가 삼별초본부에 합류해야 합니다. 대장께서 결단해 주십시오."

"훈련대장 뜻을 잘 알겠소. 지금 바로 모든 군졸을 훈련장에 모이도록 하시오! 내가 그 자리에서 선언하겠소."

순식간에 진지의 모든 군졸이 훈련장에 모였다. 갑자기 모이라는 지시에 군졸들은 다소 웅성거렸다. 대장이 쩌렁쩌렁

한 목소리로 선언했다.

"난 나라의 앞날을 위해 큰 결정을 내리겠다. 이곳 삼별초군은 강화도로 떠나 삼별초본부와 합류한다. 강화도로 가 삼별초가 세운 새로운 정부를 지키고 힘을 키우는 게 중요하다. 여기 진지에는 최소한의 병력만 남고 모두가 모레 강화도를 향해 출발한다."

"와! 강화도로 가자. 가서 싸우자!"

대장의 말이 끝나자 모든 군졸이 사기충천하여 외쳤다.

이틀 후 진지의 삼별초군은 말에 짐을 싣고 강화도로 출발했다. 웅이와 아버지, 두산도 빠질 수 없었다. 수많은 병력이 꼬리를 물고 눈에 띄지 않게 주로 산길을 통해 이동했다. 드디어 강화도행 배를 타는 포구에 도착했다. 미리 삼별초본부에 합류한다고 알려 놓아 본부에서 배편을 준비해 놓았다. 차례차례 배를 타고 강화도 삼별초본부에 도착하였다. 삼별초본부의 군졸들 모두가 나와 새로 합류하는 병력을 환영하였다.

삼별초본부 훈련장에 새로 합류한 군졸을 포함해 모두가 모였다. 훈련장에는 농기구나 몽둥이를 들고 온 사람도 있었다. 그들은 새로 삼별초에 들어온 백성들이었다. 웅이와 두

산은 맨 앞에 섰다. 이미 성인이 된
둘은 이제 누가 봐도 늠름한 삼별초군이었다.
모두 모여 질서가 잡히자 삼별초본부를 이끄는 장군
이 큰 소리로 말하였다.

"삼별초는 몽골과 손잡은 고려정부를 인정할 수 없다. 그들
은 백성과 나라를 위험에 빠트렸다. 우리는 이 나라를 지키고
백성을 보호하기 위해 새 황제를 모시고 새로운 고려를 세웠
다. 새 고려정부는 그동안 강화도에서 활동을 잘해 왔다. 새
고려가 세력을 더 확장하고 여몽연합군과 맞서 싸우기 위해

삼별초의 근거지를 안전한 진도로
옮긴다. 몽골군들은 바다를 두려워하기 때문
이다. 그곳에서 우리 삼별초와 새 고려정부는 자리를
잡고 이 나라를 이끌어 갈 것이다. 이틀 뒤에 배에 나누어
타고 강화도를 떠난다. 가족이 함께 가는 백성들은 떠날 짐을
미리 싸둔다. 가족이 있는 군졸들은 내일 집에 가서 작별 인
사를 하고 온다.”
 “새 고려 만세! 삼별초 만세!”
 그들의 함성이 강화도를 쩌렁쩌렁 울렸다.

새로운 나라를 향한 꿈과 진도

진도로 떠나는 날이다. 날씨가 화창하여 배가 항해하기 안성맞춤이었다. 배에 사람들이 차례로 타기 시작했다. 웅이와 두산도 커다란 등짐을 메고 배에 탔다. 둘의 허리춤에는 칼이 매달렸고 웅이 손에는 비둘기 집이 들려있었다. 웅이 아버지도 둘과 함께 같은 배에 올랐다.

1,000여 척의 배가 사람과 말, 물자를 싣고 진도를 향해 출발하였다.[*] 진도까지는 뱃길로 수십 일을 가야 하는 먼 거리였다. 중간에 태풍이라도 만나면 침몰할 수도 있어 모두가 한마음으로 안전하게 도착하길 빌었다.

항해가 며칠째 계속되고 있었다. 오전에 맑던 날씨가 오후가 되니 바람이 불어오며 심상치 않았다. 태풍이 다가온다고 모두 단단히 준비하라고 했다. 항해를 멈추고 가까운 섬으로 가

---

[*] 1270년 6월 3일 삼별초군은 배중손 장군의 지휘를 받아 강화도에서 진도를 향해 출발했다.

태풍이 지나갈 때까지 대피한다고 했다. 다행히 섬이 멀지 않아 태풍이 불어오는 반대방향에 배를 댈 수 있었다.

배가 정박했지만 갈수록 비바람이 거세지며 배가 뒤집힐 듯 출렁거렸다. 웅이는 '배가 바다에서 뒤집히지 않게 해달라'고 기도했다. 아무것도 보이지 않는 깜깜한 밤이라 비바람이 더 무서웠다. 한 명이라도 바람에 날아가지 않도록 모두 한자리에 모여 손을 잡고 있었다. 비를 피하려고 머리 위로는 뭐든 뒤집어썼으나 거센 비바람에 아무 소용없었다. 모두 비에 흠뻑 젖은 채 밤이 깊어지며 기온마저 떨어져 오돌오돌 떨었다.

그렇게 떨며 공포의 시간을 보내다 보니 비바람이 잦아드는 게 느껴졌다. 잦아드는 비바람과 함께 어둠도 점점 가시더니 차츰 밝아졌다. 모두가 이제 살았다고 안도했다.

아침이 되자 화난 호랑이처럼 달려들던 파도가 순한 양같이 변했다. 하늘에서는 해가 고개를 내밀자 젖은 몸을 말리고 배를 점검했다.

배 점검을 마치고 식사를 한 다음 배가 출발했다. 계속되는 항해에 사람들이 지쳐갔다. 준비한 식량과 물도 바닥을 보이고 있었다. 그래도 곧 도착한다는 말은 없었다. 웅이와 아버지 두산 역시도 지치기는 마찬가지였다. 식량과 물도 아껴 먹

어 허기지고 목도 말랐다.

힘들어하는 웅이와 두산을 보고 얼굴이 새카맣게 탄 웅이 아버지가 눈을 반짝이며 말했다.

"강화도를 떠난 지 67일째다. 내가 봇짐에다 하루하루 표시해 왔다. 며칠 후면 진도에 도착할 것 같다."

둘은 그제야 희망이 보이는 것 같았다. 다른 사람들도 며칠만 가면 된다는 말에 희망을 찾은 듯 눈을 반짝였다. 힘들게 버티며 며칠을 가니 드디어 눈앞에 하나의 섬이 나타났다. 웅이 눈에는 큰 섬으로 보이는 게 진도가 아닐까 싶었다.

"아버지, 진도에 온 것 같아요."

웅이가 기쁨에 들뜬 목소리로 말했다.

"진도 땅이 맞구나! 오늘로 74일째 되는 날 진도에 도착했다. 웅이도 두산이도 고생 많았다."

웅이 아버지가 둘의 등을 쓰다듬었다.

"와! 진도에 도착했다!"

웅이와 두산이 동시에 소리쳤다. 둘의 소리에 여기저기서 함성이 터져 나왔다.

"진도다, 진도. 진도에 도착했다."

1,000여 척의 배는 강화도에서 무려 74일이 걸려 진도에 도

착했다. 1270년 원종 11년 8월 19일의 일이다.

한여름 뙤약볕과 태풍을 이기며 진도에 도착한 고려 새 정부를 세운 삼별초 군졸과 여기에 합류한 백성들의 사기는 하늘을 찔렀다. 그들의 머릿속에는 모든 백성이 땀 흘려 일하고 빼앗기지 않고 편안하게 살아가는 새로운 고려의 모습이 별처럼 반짝거렸다.

웅이 역시도 희망을 안고 기쁨에 겨운 얼굴로 말했다.

"아버지, 새로운 나라를 꿈꾸며 진도에 도착한 우리 삼별초는 대단하다고 생각해요!"

"맞아요. 이 정도면 어떤 강한 적도 물리칠 것 같아요."

활짝 웃으며 얘기하는 웅이와 두산의 눈에서 빛이 났다.

"그렇다! 우리가 힘을 모으면 얼마든지 이 나라를 지키고 희망의 나라를 만들 수 있어."

웅이 아버지는 웅이와 두산을 품에 안고 다독거려 주었다. 이제 자기만큼 커진 둘의 몸집이 웅이 아버지를 더욱 든든하게 하였다.

웅이는 아버지에게 안기다 보니 고향의 어머니와 분이가 생각났다. 눈물이 쏟아질 것 같아서 얼른 하늘을 바라보았다. 어젯밤 배에서 꾼 꿈이 생각이 났다. 아버지께 꿈 이야기를 했다.

"들판에는 온갖 꽃이 피어있었어요. 좋은 옷을 입은 아버지와 어머니가 손을 잡고 걷고 계셨어요. 두 분은 아름다운 새소리에 맞춰서 환히 웃는 모습이었어요. 저와 분이는 얼마나 그 모습이 보기 좋은지 행복해하며 뒤에서 따라가고 있었어요. 세상에 태어나서 두 분이 그토록 다정하게 도란거리며 웃는 모습은 처음 보았어요. 얼마나 행복하게 보이던지 기쁨의 눈물이 나왔어요."

"그래, 네 꿈에서 나와 어머니가 행복했던 것처럼 너희들이 노력하여 새 고려를 바로 세운다면 모두가 행복할 수 있을 거야."

웅이 아버지의 힘 있는 말에 웅이와 두산은 더 용기가 생겼다. 나라를 지킬 굳은 마음은 바위처럼 더욱 강해졌다. 웅이 아버지는 진도의 파란 하늘과 푸른 바다를 바라보며 고개를 끄덕였다. 지금껏 나라를 위해서 살아온 날들이 생각이 났다. 웅이와 두산의 손을 잡으니 둘의 힘이 느껴져 기분 좋게 웃었다.

"아들들아, 너희를 보니 새로운 고려의 미래를 보는 듯해 흐뭇하고 행복하다. 너희는 얼마든지 살기 좋은 나라를 만들 수 있을 거야!"

"전 삼별초가 되어서 이렇듯 아버지와 함께 나라를 지키고

새로운 나라를 만드는 데 도움이 된다니 얼마나 기쁜 줄 몰라요. 어머니와 분이는 물론 모든 백성이 행복하게 사는 나라가 되도록 노력할게요."

웅이 말이 끝나자 두산도 다짐하듯 말했다.

"저 역시도 제 부모님은 물론 모두가 잘사는 나라를 만들도록 노력하겠습니다."

웅이와 두산은 가족을 그리며 다짐을 새겼다. 웅이와 두산의 다짐이 메아리치듯 하얀 갈매기들이 끼룩거리며 하늘을 날고 있었다. 웅이와 두산의 마음에는 어머니의 얼굴 같은 수많은 사람의 얼굴이 그려졌다.[*]

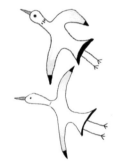

---

[*] 진도로 온 삼별초는 용장성을 근거지로 삼아 세력을 넓혀 갔고, 관군은 삼별초에게 적수가 되지 못했다. 결국 원종은 원나라에 원군을 요청하였고 여몽연합군의 공격이 이어졌다. 삼별초는 죽을힘으로 항쟁했지만 결국 여몽연합군에 패배해서 진도 용장성은 함락되고 말았다. 삼별초가 왕으로 추대한 승화후 왕온이 피살되고 수많은 삼별초 지휘관들과 군졸들이 목숨을 잃고, 남은 삼별초는 김통정의 지휘 아래 제주도로 근거지를 옮겼다. 제주도로 간 삼별초는 항파두리성에서 항전을 이어갔지만, 1273년 여몽연합군의 공격에 완전히 진압되고 말았다.

삼별초의 꿈

펴낸날 2024년 11월 22일

글 서향숙
그림 김순영
펴낸이 주계수 | **편집책임** 이슬기 | **꾸민이** 최송아

펴낸곳 고래책빵 | **출판등록** 제 2018-000141 호
주소 서울특별시 마포구 양화로 156 LG팰리스빌딩 917호
전화 02-6925-0370| **팩스** 02-6925-0380
홈페이지 www.bobbook.co.kr | **이메일** bobbook@hanmail.net

© 서향숙·김순영, 2024.
ISBN 979-11-7272-026-1 (73810)

※ 이 책은 광주광역시 GWANGJU CITY 광주문화재단 Gwangju Cultural Foundation 의 지역문화예술육성지원사업으로 지원받아 발간되었습니다.